礼赞

LiZan

宁明 著

 大连出版社
DALIAN PUBLISHING HOUSE

© 宁明 2022

图书在版编目（CIP）数据

礼赞 / 宁明著. — 大连：大连出版社，2022.1（2024.8重印）
ISBN 978-7-5505-1703-5

Ⅰ.①礼… Ⅱ.①宁… Ⅲ.①诗集－中国－当代
Ⅳ.①I227

中国版本图书馆CIP数据核字(2021)第239184号

策划编辑：乔 丽 卢 锋
责任编辑：乔 丽
封面设计：林 洋
版式设计：乔 丽
责任校对：安晓雪
责任印制：刘正兴

出版发行者：大连出版社
　　　地址：大连市西岗区东北路161号
　　　邮编：116016
　　　电话：0411-83620573 / 83620245
　　　传真：0411-83610391
　　　网址：http：// www.dlmpm.com
　　　邮箱：dlcbs@dlmpm.com
印　刷　者：天津旭丰源印刷有限公司

幅面尺寸：170 mm×240 mm
印　　张：18.5
字　　数：150千字
出版时间：2022年1月第1版
印刷时间：2024年8月第2次印刷
书　　号：ISBN 978-7-5505-1703-5
定　　价：68.00元

本书说明

　　本书是一部为庆祝中国共产党成立100周年，向党的二十大献礼而策划、推出的诗歌作品，共分五辑："大国重器""红色记忆""起飞中国""蓝色海风""榜样力量"。书中精选了作者不同时期创作和发表的具有代表性的主题诗歌，内容丰富，异彩纷呈。

　　本书以作者最新创作的三十余首书写大国重器的诗歌作为歌颂新时代的主打作品，展示了中国进入新时代以来赶超、领先世界的国家名片，彰显了日益强大的中国力量。这组诗被列入中国作家协会、诗刊社庆祝中国共产党成立100周年诗歌创作工程，刊登于《诗刊》2021年7月庆祝中国共产党成立100周年专号。作者是全国所选25位诗人之一。

本书收入的作品多发表于《人民日报》《光明日报》《解放军报》《辽宁日报》《四川日报》《大连日报》，以及《诗刊》《中国文艺家》《星星诗刊》《诗歌月刊》《诗林》《诗潮》《阳光》《诗词》《辽河》等；部分作品曾被中央人民广播电台、新华社、江苏广播电视台、四川电视台、大连广播电视台等媒体以及"大连市庆祝中国共产党成立100周年交响音诗画大型文艺晚会"等多场专题文艺晚会选用；部分作品入选《中国文学年鉴2019》《诗咏新中国——〈诗刊〉历年作品选》《祖国万岁——名家笔下的爱国情怀》《春暖花开四十年：1978~2018》《新时代诗歌百人读本》《我亲爱的祖国——庆祝新中国70周年朗诵诗选》《中小学生新诗诵读300首》《心声》《初心、红旗与新征程——新时代诗歌优秀作品选》《经典朗诵诗选》《我爱我的祖国》等。

目录

第一辑　大国重器

第二辑　红色记忆

第三辑　起飞中国

第四辑　蓝色海风

第五辑　榜样力量

第一辑

大国重器

祖国的位置

—— 致敬"北斗三号"

每一个心中有梦想的人

都渴望擦亮自己的眼睛

无论是飞行的导弹，还是远航的舰船

抑或是一场赴约的浪漫爱情

迷失方向，就意味着背弃出发的初衷

北斗开放的爱心对所有人免费

它能帮你找到近在咫尺的陌生朋友

也能为你矫正稍微显露出来的急躁冒进

还能使你成为一个守时的人

在各种诚信的考验面前，决不差分毫

每一个后浪，都有居上的雄心

当新时代的大潮汹涌澎湃地奔来

每一座保守的浅礁终将被大浪淹没

没有水涨船高的眼界与驾驭本领

驶向彼岸的航船便会遭遇搁浅的命运

当北斗的"收官之星"终于定点成功

高悬在太空的明亮眼睛

把地球上的每个角落都纳入了关爱范围

我便有理由坚信，从此不再会

因别有用心的人制造一个"恶作剧"

而使人们在迷茫中找不到祖国的位置

领跑者

—— 致敬"复兴号"高铁列车

我永远不会忘记,那个惊心动魄的时刻

在郑徐高铁线上,对开的"复兴号"

以时速 420 公里擦肩而过的壮观情景

这次让世界惊呼的历史性交会

被光荣地镌刻在了 2016 年 7 月 15 日

我更会清晰地记得,在京沪高铁两端

那一对双向首发的"复兴号"列车

载着我的一路激动和世界关注的目光

率先实现了时速 350 公里的运营

再次把已抢先起跑的赛手甩在了身后

我还知道,中国的脚步已快速跑向了世界

只要地球上有铁路的地方,终将都会

闪耀着你风驰电掣的骄傲身影

那些蓝眼睛褐眼睛绿眼睛都将瞪大眼睛

欣赏到你卓尔不群的中华风采

你这个世界高铁赛道上的领跑者

一再以自己的惊人速度

跨越横在前方的一个个艰难的栏杆——

不仅自我设计延长了奔跑的寿命

还以骄人的身材，大大降低了人均能耗

每当我坐在宽敞、舒适的座位上

打开 Wi-Fi 云游世界时，心中便会悄悄地

为你和祖国竖起大拇指

加速 China

—— 致敬 C919 大飞机

每当我和 C919 一起憋足全身的力气

以雷霆般的呼啸加速起飞

身后就会卷起一阵翻滚的气浪

直到跑道上再一次尘埃落定

惊恐的小草，才会重新站直倒伏的身姿

我沿着 C919 高昂的机头远眺

几代人的大飞机梦想已将航程照亮

加速，加速，C919 继续加速——

机舱内不仅安装着一百六十多个座椅

在我身后，还牢牢地安放着祖国的尊严

我透过鼻梁上那副潇洒的飞行太阳镜

仿佛已望见了在不远的将来

地球的上空，将由无数条 C 字头的航线

编织出一张密集的天网

使人们一跨入舱门，就迈进了世界

每当 A 字头或 B 字头的大型客机

在错综复杂的国际航线上

与我驾驶的 C 字头大飞机相视而过

机身上那排瞪圆眼睛的舷窗里

便会隐约发出一阵"China"的惊呼

水天间的舞者

——致敬"鲲龙"AG600 水陆两栖飞机

梦牵魂绕九个寒暑之后

今天，我终于跨进你陌生的驾驶舱

手握驾驶盘，脚踩方向舵

从此成为荣辱与共的生死朋友

每一次起飞心情都格外沉重

比六十吨更重的是救灾救难的使命

在飞往火场或遇难海域的途中

你总是以十倍于航船的速度疾驰飞行

既是会飞的船，又是会游泳的飞机

这就注定肩上要扛起双倍的责任

你能站在两米高的巨浪上救人

也能在二十秒内一次性汲水十二吨

让肆虐的火焰，在喷水中偃旗息鼓

回想一次次从陆上、水上和海上起降

礼赞 *LIZAN*

我们的配合总是完美而默契

尤其是当你以犁铧般的船体迎击海浪时

总是能昂扬出一副大国航空自豪的姿态

未来的试飞航程还异常艰巨

作为世界在试两栖飞机中的"大哥大"

更宽广的应用领域，正等待我们去探索

伙计，请放心——

我一定会写好，那本让世界

对你刮目相看的"说明书"

空中"胖妞"

—— 致敬运-20

在各式重兵器冷峻的眼神里

你以卓尔不群的丰满，赢得它们的青睐

那些寒光逼人的钢铁大汉

在你面前，都成了乖巧听话的娃娃

你为坦克和火箭炮们插上了翅膀

以鸟儿疾飞的速度，深入敌后

让自诩坚不可摧的敌人防线

在前后夹击中，立现溃堤般的狼狈不堪

每次起飞，你的目光都格外凝重

肩上的重担，岂止是几十吨钢铁的分量

无论是严峻的敌情还是灾情

都使你粗重的喘息声愈显沉闷

仰首上升的姿态多了几分焦虑与悲壮

而那些可爱的空降兵们喜欢叫你"胖妞"

他们在空中向你献上一朵朵伞花

甚至在你的怀抱里，一些新兵

还彻底治愈了恐高和胆怯

锤炼成了敢于插入敌人心脏的尖刀

谁主沉浮

—— 致敬"奋斗者号"载人潜水器

当辽阔的海水由深蓝变得越来越暗

直至再也看不见一丝微弱的光亮

马里亚纳，我正以压载铁的如磐意志

一步步抵近你幽深的怀抱

脚步，比攀登珠峰更显艰难

每一米深度，都要承受千百倍的压力

黑暗中，我的身体下潜得越深

离地球的奥秘就会越近

这里的海水比钢铁还硬

它们挤在一起故作轻松的姿态

无论我的船舱下潜或上浮，在深海中

都不过是一粒更坚硬的气泡

我渴望，在漆黑的人类生命禁区里

修一条漫游海沟的观光通道

人们坐在一节缓缓移动的车厢里

任意幻想或欣赏目不暇接的奇妙风景

我还打算制造一辆燃烧海水的汽车

不再用花钱去加油站里排队

尾喷管的蒸汽里散发出鲜花的味道

走到哪里，哪里便会一路飘香

航母驶向深蓝

—— 致敬山东舰

站在这艘大船面前

我更想探究一下它的内部结构

比如，在哪里安放远大理想

在哪里焊接辉煌的未来

大船在船坞的怀抱里

很像一个加班加点长大的孩子

它的身躯渐渐强壮的过程

建造者们正在用鬓角新添的白发

一根一根地计数清楚

一艘胸装远方的大船

身子骨就会被使命打造得格外结实

一块骨头与另一块骨头之间

造船人用最炽热的责任心

将它们分毫不差地焊接牢靠

大海的呼唤从历史深处传来

甲午的海浪撞击着银灰色的船舷

发黄的旧日历里，搁浅着昨天的太阳

大船昂起头颅，开始了驶向深蓝的征程

今天，大船的表情格外凝重

它将在一张崭新的海图上

用划过的最深航迹

描绘出一个大国的远航梦想

用甲板上翘的角度，去比喻一个民族

正在加速起飞的仰角

隐身者

—— 致敬歼-20

只有目光短浅的人
才会看不清头顶上的波诡云谲
风云间，一种新理念正在与传统观念
进行着一场激烈的空中格斗

强大者，往往更愿把自己伪装得渺小
将雷达反射面降到最低的程度
一架庞大的战机，缩身成一粒子弹
它穿行在浩瀚的天宇之中
专事伏击，那些有恃无恐的傲慢敌人

如今的战场，比对手看得更远的眼睛
未必能抢占先机，立于不败之地
而善使隐身术者，穿行在云浪波峰之间
往往只闪过一道呼啸的身影

隐，更是一个哲学的命题
当庞大与渺小，远与近，真与假
互换角色的时候——
示小，才是智者的选择
而盲目自大，则是愚蠢者的代名词

腾 飞

—— 致敬"长征五号"系列

每当倒计时的读秒声

响亮地回荡在肃穆的指挥大厅

又一个更高追求的梦想便屏住了呼吸

等待腾飞时刻的到来

从翻卷升腾的巨大烟浪中

冉冉升起来的那团橘红色的火焰

像一枝回眸的美丽花朵

一边向地球微微挥手，一边

将人类的美好愿望托举向浩瀚的太空

在"长征"的大家族里，你以排行第五为荣

创造出又一轮惊人的奇迹

探月的嫦娥，一次次乘着你的翅膀起飞

奔向火星的"天问号"已被送入了深空

中国航天站正在加紧运料、施工

每一次，都离不开你那副坚实的肩膀

每当发射起飞，你都在蔚蓝的天幕上

写下一个巨大闪亮的叹号

不仅引领着全球的目光不断抬高

还一次次把中华民族的脊梁

在世界面前，挺得更加笔直有力

带刀侍卫

—— 致敬 055 型南昌舰

航母是海上行走的国土

你就是护卫在祖国近旁的带刀侍卫

以万吨级的体魄和高科技的头脑

让怀有野心的觊觎者心生畏惧

作为 055 首舰，又以英雄之城南昌命名

这就注定你要肩负起更重的使命

无论是黄海的浪涛，还是刘公岛的沉默

都在警示后来者，不能忘记甲午的耻辱

真正的强者，却往往更愿隐身示小

用炮口说话才更能展现你的妙语连珠

十八般兵器样样精通的多面手

依旧为自己预留下了巨大的升级空间

舷号 101 使你拥有巨大的荣光

从入列那天起，便与身后的祖国

将荣辱紧紧地连在了一起

当一支庞大的舰队乘风破浪驶向深蓝

犀利的剑锋和深邃的目光

便一刻也不会放松远航中的警惕

"天问一号"

—— 致敬中国行星探测工程

以诗人的名义，叩问苍穹

浩渺的星空便会传来诗意的回响

身为一号使者，耗时七个多月

飞行四亿七千五百多万公里

你终于在"望文生义"的火星望见了冰川

五吨重的庞大身躯，在茫茫太空中

只不过是一粒闪亮的尘埃

而这些高浓度汇聚起来的中国智慧

一旦发射，就把先于己起跑多年的赛手

远远地甩在了助推器的身后

以众多"黑科技"武装起来的头脑

无论是环绕飞行，还是着陆后的巡视探测

你必定要把握好每一个唯一的机会

这不仅在考验中国航天人的智慧

更在验证"三步并作一步走"方案的卓越胆识

由使命、魄力和技术支撑起的天问系列

顾名思义，一号就是中国人的首次

而序号更多的天问兄弟，已蓄势待发

面对前人仅有百分之四十三的成功率

无论下一次是成功，还是偶遇失败

都不会阻挡，一个已出征大国的坚定决心

到一个神话里探亲

—— 致敬嫦娥探月工程

上古时代奔月的嫦娥

终于盼到了返乡探亲的时刻

中国人在一个神话里探亲

让神话，从此不再遥不可及

以嫦娥名字命名的探月工程

让思念了几千年的后羿子孙

心中燃起了从未有过的希望之火

他们把梦想搭乘在长征火箭上

从此开启了亘古未见的神秘之旅

从绕月飞行，到在月球地面上平安降落

终于迎来了公元 2020 年 12 月 17 日

嫦娥携带着一份最神秘的礼物

以半弹道跳跃的方式平安返回

顿时，内蒙古四子王旗响起一片欢呼

一个伟大的梦想才刚刚起步

连王母娘娘恐也想象不到

后续工程正在一步步加速推进——

从此，嫦娥和后羿可自由往返

并在月球上修筑一座宫殿

让更多的后来人，去月宫走一走亲戚

最高的家园

—— 致敬中国航天站

只要脚踏实地，一步一个脚印

中国的载人航天工程

只需走三步，就能实现

自主建成一个太空之家的梦想

把这个最高的家园叫作天宫

它有五间房子，各间都取了一个

流淌着中国血脉的名字——

天和、梦天、问天、神舟、天舟

它们牵手连在一起，就是一座

比老北京的四合院更精致的中华建筑

高度与距离，不再催生人的寂寞

每人的心跳，都与祖国保持着高度同步

这里有三个兄弟姐妹轮流值守

他们在一起探索人类未知的奥秘

并为未来的生存发展寻求更多的途径

我渴望与他们一道乘着神舟飞来飞去

并用一架最新设计的望远镜

看尽离地四百多千米高的瑰丽景象

用无比自豪的心情，在太空写下

人类对浩瀚宇宙的赞美诗行

我还想邀请几位不同肤色的专家

一起来俯瞰我们赖以生存的蓝色地球

共同商讨让它变得更美的方案

只有站在这样的高度上，才能不带偏见

读懂人类命运共同体的全部含义

中国天眼

—— 致敬法思特（FAST）

在贵州平塘的大窝凼，终于找到了那片

正好安放探测宇宙雄心的喀斯特洼地

这里的山体格外结实，足以扛起

一个自强民族在世界面前的神圣尊严

中国天眼，以优于先行者十倍的好成绩

一跃领先于世界至少二十年

从此，我可听到发自"地外文明"的声音

也能把心里话说与几万光年远的外星听

法思特以几乎无所不能的本领

让自恃先进讹诈正义的国家顿现原形

苍天有眼，人们永远不会忘记

那个民工打扮、骑着自行车赶路的老人

他姓南，却从不会知难而退

宁肯搭上自己二十二年的宝贵生命

也要让中国人最早看清宇宙边缘的景象

谁把眼睛睁得越大，便越能看清

当今和未来世界的风云变幻

中国以五百米直径的眼球和放电的犀利

不仅每天都在发现太空的神奇

还一眼辨清了，人类中的哪些人

对开发太空一直暗藏着霸道的野心

海底神探

—— 致敬"蓝鲸二号"

以四万四千吨的超强定力

稳站在十六级飓风的惊涛骇浪中心

依旧专心致志，心无旁骛地做着

可燃冰开采课题的刻苦钻研

在你头脑中却从不曾闪过，任何一个

可以随波逐流的念头

你挥动着两只铁塔般有力的臂膀

以左右开弓的高效率

直插比马里亚纳海沟更深的海底

让深藏了亿万年的秘密，终于浮出水面

成为照亮人类未来千年的瑰宝

你以不动声色的沉稳表情

迎接波涛之上的风云变幻与日出日落

而潜在水下的大半个身体

却一刻也不曾停止计算与分析的忙碌

并已练就世界一流的平衡能力

由两万七千多台设备组成的巨无霸

像人体的各种器官彼此默契合作

四万多根管路，打通了周身的脉络

从此，这个一百一十八米高的东方巨人

便傲然屹立在碧海之上——

无论是波涛的喧哗，还是暗涌的角力

都丝毫不能动摇向更深的海底

笃定探寻人间奇迹的决心

造岛神器

—— 致敬 "天鲲号"

你把精卫填海的古老神话

轻轻翻页，一幅震惊世界的填海蓝图

一夜间从图纸上走了下来，驶进

热火朝天的中国南海造岛工地

你一亮相就让人难以置信

以一百四十米长的巨大钢铁身躯

缓缓靠近群岛的身旁，凑近它们的耳朵

说要让千万年孤独的它们

从此聚集成亲密无间的一家人

你从三十多米深的海底挖泥铺路

且自我操控，日夜不停地将砾石或泥沙

以马拉松赛跑的速度运送到礁岸

使瘦骨嶙峋的岛礁，以每小时

六千立方米的惊人速度迅速变胖

那些本来扶不上墙的烂泥

已被教化成了机场或楼房的坚实地基

自恃骨硬的珊瑚礁或顽固的岩石

在你五十兆帕"硬度"的铁牙利齿面前

终以粉碎性骨折的悲惨下场，乖乖成为

一群又一群被驱赶上岸的俘虏

展开中国地图，我便禁不住

用渴望的目光抚摸南海的每一座岛礁

仿佛看到你不知疲倦的身影

在以二十四小时从不肯停歇的效率

把一座座丰碑，筑牢在祖国的蓝土地上

宇宙探秘者

—— 致敬"悟空号"

从《西游记》里把你请出来

是要拜托一项非同寻常的艰辛使命

茫茫天际，在人类仰望星空的眼睛里

虽已显得眼花缭乱，殊不知

在冰山一角外，那些看不见的巨大地盘

才是宇宙隐藏起来的天大秘密

这些因还不明真相，而被统称作

暗物质和暗能量的神秘事物，引起了

人类太多的好奇或假设——

只有寻根问底，找到那些

促使星系形成和演变的幕后推手

人类，也才真正找到了自己

你果然是不负众望的大圣

一个跟斗就翻上了浩瀚的太空

作为中国科学卫星系列的先锋号选手

用一双火眼金睛，仅飞行九十二天

就完成了三分之二天区的扫描

迄今为止，你的成绩单上写下了——

观测能段范围最宽

能量分辨率最优

超过国际上所有同类探测器水平

——这些世界权威性的评语

是磨刀石绝非绊脚石，时刻在激励你

不辱使命，继续砥砺前行

天地神通

—— 致敬"墨子号"

一束笔直的光线

穿过悠悠岁月，从古代传播至今

它的名字叫墨子

有一场世界比赛，叫量子通信赛跑

中国队起步虽晚，却一鼓作气

跑在了城域量子通信赛道的最前列

奔跑的队员叫光子

它守口如瓶，忠诚无比

身上携带的信息，被认定"无条件安全"

让最小能量的赛手瞬间跑遍全世界

逼着一筹莫展的科学家

必须造出一颗，在真空里

不再收取光的损耗费的量子卫星

这个特殊中转者，使两个千里相爱的人

不再犯愁因跋山涉水而无法倾诉衷肠

他们的心可像幽灵般地超距飞翔

你来我往，分享幸福和甜蜜

他们所有的情话，都不会被窃听或盗取

"亲爱的，这句话我只对你说！"

即使遭遇嫉妒者恶意篡改，也休想得逞

中国队跑得太快了，还没等世界的目光

从惊讶和赞佩中醒过神儿来

"京沪干线"量子通信骨干网已经竣工

九十六岁的克利夫兰奖杯

以它一贯敏锐的眼睛和耳朵

望着中国的墨子，竟然从大西洋彼岸

伸出双臂，给中华文明一个拥抱

我仿佛已看见了，纵横寰宇的一张大网

正在一丝不苟地加快织就

海量的信息，像长着翅膀的天使

在天地间，来去如影地自由飞翔

巨龙腾飞

—— 致敬港珠澳大桥

只有中国人的大手笔

才可能，在隔海相望的珠江口

用一支极富想象力的中华牌彩笔

画下一条横跨伶仃洋的巨龙

从此，让久别的思念与乡愁

沿着龙的脊梁，日夜自由地穿梭

每一个桥墩，都挺起责任的肩膀

每一根斜拉钢索，都绷紧了内心的力量

每一颗螺丝钉，都坚守自己的岗位

每一个中国人，都站立成大桥上

一处让世界羡慕的风景

世代在伶仃洋生活的中华白海豚

曾一度忧虑万分——

它们做梦也没有想到

这些在海上高耸起来的钢铁与水泥

不仅没毁坏掉自己生存的家园

还使濒危的家族，忽然间子孙兴旺起来

远远望去，舞动在索塔上的中国结

让全中国的手臂紧挽在了一起

三只活泼可爱的中华白海豚

跃上桥头，仿佛在兴奋地报告海底的秘密

桥头堡上迎风破浪的帆船

高昂起自信，表情从未像今天这般骄傲

紫荆花、三角梅和莲花在隔海呼唤

海风把它们骨子里的记忆融为了一体

一群海鸥从伶仃洋上空飞过

它们以好奇的目光，竟然辨认出了

镶嵌在两座人工岛上的象形文字

并不由自主地大声读出——中华！

海洋中的陆地

—— 致敬"深海一号"能源站

打造一块海洋中的钢铁陆地

走向深海，在那里安家

一次上岗就要工作三十年

直至干到一百五十岁才肯退休

站在一千五百米的深水里

以五万吨的定力

抗击百年一遇的狂风巨浪

身体，依然像一座从不随波逐流的岛

以四十层楼高的巨大身躯

挺立起一个大国的海上形象

那个靠拄着洋拐杖走路的时代

被集大成的创新技术甩在了身后

怎能忘记，四千人的昼夜会战

创造出一个世界海上建造史的奇迹

仅用二十一个月的时间

就冲刺般跑完了历史落后的路程

每年三十亿立方米的深海天然气

将沿着海上大动脉的管网

源源不断地输向大湾区的千家万户

让红红火火的日子，从此找到了

又一个永远旺盛的依据

实力答卷

—— 致敬世界最大模锻液压机

以八万吨的巨大压制力

塑造出来的任何一件精致的作品

一旦被安装在昂首起飞的 C919 身上

都足可称为共和国的功臣

没有压力，便没有凝聚的力量

那些膨胀而松软的幻想

挑不起民族的重担

它们只能在世界竞争的大舞台上

扮演一个被人取笑的角色

每个关键的大型锻件

都是中国人命运攸关的脖颈

被人卡了五十多年的脖子

无论是上天的飞机，还是下海的战舰

都已被憋得喘不过气来

中国虽以八万吨的骄人成绩

在模锻液压机的跑道上领先了世界

但目光高远的清华科学家们

已把一份十六万吨的答卷握在手中

随时准备向祖国自豪地交出

中国的臂力

—— 致敬 D5200-240 塔式起重机

你以令人仰望的巨大身躯

站立成一座崭新的丰碑

在世界面前，展示出

一个装备制造大国的领军形象

在别人霸道地四处秀肌肉的时候

你却伸开巨臂，以二百四十多吨的力量

无声证实了自己的超强臂力

并把中国人的自豪感，轻松抓举到

二百一十米的世界级高度

一个把自家的命运交给别人的国家

必定会处处受制于人

一旦被贪婪的黑手卡住了脖子

整个机体就会憋得喘不过气来

终于，你大臂一挥

在新时代的天空上，彻底改写了

长期依赖进口超大吨位装备的被动局面

世界从来不会风平浪静
你在各种复杂工况下，以超强的定力
经受住了每秒二十米的狂风考验
一个最高个子的铁汉，却心细如发
采用最先进的综合智能安全控制技术
把可能出现的各种风险，科学地
控制在了高水平的安全程度

人造太阳

—— 致敬 HL-2M 核聚变装置

只有打牢坚实的地基，梦想的大厦

才具备了巍峨挺立的依据

从自主设计、建造到运行技术

这个叫托卡马克的核聚变装置

以十倍于太阳芯部的温度

为我国磁约束核聚变实验奠定了基石

全球的核聚变人，一代一代都在向着

照亮人类未来的终极能源梦想赛跑

中国的科学家们，更是争分夺秒

渴望将人类历史上的新一颗"人造太阳"

从世界的东方，早一天自豪地托起

中国终于在自己的实验大厅屏幕上

看到了那一束闪烁的蓝色电光

并从世界聚变能竞赛的七条赛道上

首次实现了由并跑到领跑的跨越

未来的赛程很遥远，中国唯有不懈拼搏

才能继续保持领先的地位

终有一天，世界合作的 ITER 计划

将会用一升海水代替三百升汽油

在人类生存的地球上，不再为能源焦虑

托卡马克将以超过一亿摄氏度的高温

熔化人类争夺能源的冷战与热战

掘进的中国

—— 致敬"京华号"盾构机

以超过十六米的特大直径

为使中国的道路通向未来

开掘出一条迎来曙光的隧道

意志的刀盘，坚硬无比

任何顽固的艰难险阻，都拦不住

你强力掘进的坚定步伐

在这个龙的传人的国度里

终于建成了一条，让世人惊叹的

一百五十米长的钢铁巨龙

并以它四千三百吨的足够分量

跃上世界盾构机的舞台

彰显出中国人不断开拓的无畏决心

科学家们还从各种冷漠的刀具中

浪漫地嗅到了国粹艺术的味道

用一张鲜明夺目的京剧脸谱

把所向披靡的利齿刀盘，装扮成了

一位京华味十足的忠实票友

你一开腔，就会大地震颤般语惊四座

在北京东六环入地改造的工地上

路过这里的老北京人，总能听到

一种起早贪黑的熟悉唱腔

它隐约从地下轰隆隆传来，直到

把一条曾经拥挤不堪的道路

演唱得异常通透，愈加宽敞明亮

数字的力量

—— 致敬"国和一号"三代核电机组

枯燥的数字，从不流露出激动的表情

当你决定把 6513 项知识产权

和 1052 项国家授权专利

铸成一块胸牌，代表一个东方大国

跻身世界核电俱乐部的会场时

迎来异常热情的惊呼、掌声与拥抱

用数字说话，已是一个自信的国家

与世界打交道的习惯语气

你以高达 60 年的安全设计寿命

请全球人放心，旺盛的精力与体力

足可把发生严重事故的概率

与二代核电机组相比，至少降至百分之一

至少有 2200 万居民的心中最清楚

家中大大小小的用电设备

每一件都与你的默默工作息息相关

这只是单台机组的年劳动强度

而背后的另一个数字，更使你自豪——

年减排二氧化碳超过了 900 万吨

没人计算过，你在每个小时里

为电网提供的 150 万度电，能照亮

多少个乡村的夜晚和山区的学校

也不曾有人想象过，从你身上

每年源源不断地输出的 130 亿度电

是否像奔流的江河，灌溉了

所经流域的亿万亩粮田和草木

人们常感叹十月怀胎的艰辛

而你从 2008 年受孕开始

却被千辛万苦地孕育了整整 12 年

从二代到三代，仅仅一个数字的差别

却染白了许多攻关人的黑发

他们用青春配制的染料

终于将多项中国核电技术与工艺的空白

——填补上了醒目的亮色

遥望天河落神州

—— 致敬"天河三号"超级计算机

如果，让我出一道恶作剧的数学题

来考一考某个学生的计算能力

我一定会以刁难的口吻问：

"10 的 18 次方等于几？"

因为，在这道题的答案中

密密麻麻地排列着，让他一辈子

也数不过来的那些位数

人们每天都忙，甚至忙得焦头烂额

却很少有人思考一番，自己的工作效率

据说，"天河三号"只需工作一个小时

即可让 13 亿人，忙碌上万年

也追赶不上它谈笑间创下的小小业绩

在人们的脑海里，习惯的计数单位

常会用千百万这样的庞大数字

来形容浩繁纷乱的现实生活

却少有人在意，京是个怎样的计量概念

如果，我顺手写下"百京"二字

很可能被人当作是"北京"的错误写法

只有每秒超过百亿亿次的数学运算的超级计算机

才被世界上称为"E级超算"

原来，那个洋文字母的"E"中

就包含着国人最熟悉的"京"字

而中国的计算机制造者们

必须争分夺秒，加快书写每一个"京"字

直到超过一百，才有可能重新夺回

那顶令超级计算机界人人羡慕的皇冠

国家名片

—— 致敬"华龙一号"

在一张简洁大方的名片上

从不去罗列花里胡哨的头衔

从构图设计到精心制造

中国核电人，花了三十年的心血

终于向全世界，递交了一份

成绩排名第一的精彩答卷

一个决定走出国门的核电大国

手中必定紧握着几张过硬的王牌

比如，领先世界的百万千瓦级压水堆

再比如，经过反复验证的双套安全屏障

让中国的福清，彻底不同于日本的福岛

每当人们谈起那场核泄漏灾难时

心头不再愁云笼罩，忧心忡忡

即使同样遭遇福岛全厂停电的极端考验

福清的华龙也有足够的自信

确保满足七十二小时电厂自治的要求

让世界海啸般的极度恐慌

不在中国，也决不在世界再次上演

只有扎根在中国人的哲学理念里

才会生长出一棵更加大度的包容之树

无论是堆芯的内部发生叛乱

还是遭到恐怖分子来自外部的袭击

智慧的核电机组，都会在双层盔甲的庇护下

做到泰然应对，临危不惊

杀手锏

—— 致敬"长征18号"艇

只有手握利器的人

才有可能，在疯狂的强敌面前

自信地做到——"不战而屈人之兵"

空爆弹的吼叫声再响亮

永远也抵不过，一把隐忍的匕首

沉默，往往是最有力量的宣言

你把每一句有分量的话

都浓缩在那块"龟背壳"的下边

一旦它喷着火焰发出反击的怒吼

冲出深海的利剑，必将对敌人

在后发制人中一剑封喉

你把庞大的身影，浓缩到了极致

像一个海底的隐身者

游弋在珊瑚丛林与鱼群之间

阳光是绝对的稀有金属

哪怕是投来几缕黄金般的光泽

都会令一些无悔的青春激动不已

你在最狭窄的空间里

安放下最辽阔的大地、蓝天和海洋

在一盘看不见硝烟的战场上

作为最后一枚决定胜负的棋子

牢牢地被握在祖国的掌心

两栖攻击

—— 致敬 075 型海南舰

以不事张扬的极简风格

将巨大浪花在海水中留下的足迹

隐蔽到最微弱的程度，并以身作证

为"小"与"大"这对难题，寻找到

一个领先世界的最佳答案

作为一个新型家族里的长子

你必将担负起更重的责任

大度，不仅仅表现为外在的平静

更要蕴藏起多种超凡的能力

并时刻准备着代表身后的祖国发言

开口，就要做到说了就算

无论在中国的南海还是台湾海峡

无须划分，都将是你神圣的责任田

所有的国家利益，全部都能搭载

吃水线越深，越会为自己肩负的使命

感到发自心底的激动与自豪

今天，当一只有力的大手

在航泊日志上郑重地签下名字

就许下了对一个伟大梦想的庄严承诺

世界的聚光灯，在中国的海军建军节这一天

聚焦海南，更加清晰地看到了

一个民族致力于伟大复兴的意志与力量

从大连出发

—— 致敬 055 型大连舰

从大连的船坞出发

把一万多吨的海水，哗的一声

转换成了钢铁的力量

舰身吃水的深度，恰好可以

换算成为舰舷的肩头上

扛起的蓝天的广度

由浅蓝到深蓝的渐进色彩

描绘出一条昂扬的曲线

把舰艇家族一脉相承的发展轨迹

展示成一副立体的形象

寓意一个大国海军的航程指向

以按剑在侧的卫士姿态

与乘风破浪前进的祖国，并驾齐驱

时刻擦亮眼睛，警惕天空与海底

每一道闪过的鬼鬼祟祟的黑影

以绝对的忠诚，守护着国家的尊严

无论航行到哪里，都会被人们

羡慕地联想到浪漫的大连

家乡的每一滴海水，都与大洋相连

在你身后，不仅站着一座最美的城市

更站立着一个强大的中国

一闪而过

—— 致敬高速磁悬浮列车

你把不即不离的人生哲学

参悟到了极致——

以仅仅若干毫米的微小间隙

将一辆高速列车，轻轻托举到

最低高度的半空，从而避免了

人际关系中的无谓摩擦

你以时速六百公里的快跑

填补了飞机与高铁之间的空白

并用奔跑的距离做半径

描绘出一个最佳经济效益的生活圈

让几百公里开外的异地人

眨眼之间，成了近在咫尺的同城人

你还以超导体的巨大定力

坚守与轨道之间永不背弃的承诺

看惯了生活中形形色色的出轨

用一剂"液氮"药，根治这个世俗的顽症

塑造不离不弃的模范夫妻形象

舒适是生命追求的最高境界

你用特殊的"钉扎力"将震动赶走

让车厢里的人像行走在大地上一样

把"没有感觉"当成了最大的感觉

一路向前的人们，让心中的焦虑与烦恼

一闪而过，统统甩在了时代的身后

第二辑

红色记忆

革命圣地（组诗）

韶　山

一座山在人们心目中的高度

取决于仰望的角度

无论从哪个方位审视韶山

它都会让人感到巍峨

出生于韶山冲的毛泽东

站在山顶上放眼世界

他使韶山的顶峰

又增添了新的高度

毛泽东故居

这座普通的老宅子

比一块巨大的磁铁吸引力还强

它引来无数目光

一遍遍擦拭，历史的蒙尘

旧中国的车轮已开始滑向深渊
就是从这间房子里
传出了一声响亮的预言
从此，中国将迎来一个
扭转乾坤的伟人

橘子洲头

一颗翠绿的宝石
镶嵌在湘江的碧水之上
在历史的波涛汹涌中
心有定力的橘子洲
从不随波逐流

风华正茂的毛泽东
临风而立，浮想联翩
他以船长的身份
经常在这里设想
一艘叫"中华号"的大船
该怎样选择未来的前进方向

嘉兴南湖

这条船，像南湖的鱼儿一样

懂得感恩——

一生一世，都不愿

把抚养自己长大的南湖水

淡忘，或者抛弃

南湖上的层层细浪

像无数双爱抚的手掌

推动着中国革命的摇篮

从一条小船，壮大成

当今世界上一支最大的舰队

红　船

当年，十三个年轻人

并不识水性，却以满腔热血

登上了同一条红船

一路风雨飘摇

有的人，中途跳船了

有的人，继续坚定地寻找彼岸

一百年后，这条斑驳的红船

仍泊在南湖里

已变成导游口中一个神奇的故事

虽遭遇过无数次的惊险

红船依旧不覆，风雨中

它愈发懂得与水相处的那条真理

中共一大会址

把当年最隐蔽的秘密彻底公开

是一种自信的象征

在这间不大的客厅里

曾聚集过烧毁旧世界的第一个火种

我站在门外久久凝视

默数着一个个进进出出的身影

终于悟到了，一间小屋子

为何能在二十八年后

装下整个天下的道理

南　昌

南昌城头的一声枪响

把旧中国的阵营撕裂出一个口子

一支革命的武装力量

从反动派的夹缝中获得了新生

从此，这棵幼苗以战火做养料

渐渐长成一棵大树

并用刚强的脊梁

擎起了共和国大厦的巍巍高度

井冈山

这里不仅有险峻的风景

更是一只哺育中国革命的巨大摇篮

红军在山坳和密林里成长、壮大

井冈山在枪林弹雨中

挺起了一道最坚实的屏障

黄洋界上的枪炮声促人深思

一支弱小的武装力量

该如何应对一群恶狼的凶猛围攻

红军最终用自己的鲜血

划清了主动撤离与逃跑主义的根本界限

瑞　金

红色家谱的第一页

注定要写上瑞金的名字

当年，从叶坪传出的热烈掌声

和第一面红色政权的旗帜

迅速传遍了全世界

从此，在中国的大地上

人民可以代表自己在一起开会

讨论并选择

今后过什么样的日子

走怎样的一条道路

古　田

在古田镇的廖氏宗祠里

红四军的党代表们安静地坐下来

倾听一场湘音浓重的报告

并以决议的方式

为夺取中国革命的最终胜利

埋下了历史性的伏笔

解决了方向问题的工农红军

一旦重新上路

必定会向心中那个胜利的目标

越走越近

长 汀

在罗汉岭，我遇见一位戴眼镜的书生

他被敌人包围后不幸被捕

在赴刑场的路上，他停下来

指着脚下的一片草地说：

"此处甚好！"

1935 年夏天的那一声罪恶的枪响

让瞿秋白这个名字

永远年轻在了三十六岁

作为八十多年后的瞻仰者

我依然清晰地听到了

从汉白玉雕像里发出来的坚定声音

遵 义

追兵的枪声已经逼近

但危难中的红军还是决定坐下来

在明亮的汽灯下，通宵达旦

讨论脚尖的方向问题

浅显的道理往往就是真理

恰如一节车厢的命运

与车头之间

必定有着因果的关系

延　安

土窑洞里孕育出的真理

一发芽，就与洋房子里的不同

它土生土长的智慧

更适合指导中国的革命战争

那些气势汹汹"围剿"延安的敌人

终于在黄土高坡上

狠狠地碰了一鼻子灰

并丢下了一个最大的历史笑话

西柏坡

在西柏坡的农家小院里

一个书生模样的伟人诙谐地说

他要和一支身经百战的队伍

进京赶考

西柏坡低矮的土墙

与北平城的高大城楼相比

显然单薄了许多

但有了充分思想准备的共产党人

在这张答卷上，定然会有

一份令世界惊叹的优异成绩

天安门

在这座中国最高的舞台上

毛泽东和他的战友们并肩而立

不仅宣告了新中国的成立

还开天辟地喊出了一句

让人民永远难以忘记的口号：

"人民万岁!"

人民是最讲感情的深水

载着天安门城楼这艘红色大船

闯过无数次惊涛骇浪

航行得愈加平稳

人民英雄纪念碑

世上最精准的一把巨尺

竖立在人民群众最向往的广场

时刻用来测量,每一个人

对祖国忠诚的高度

我用敬仰的目光

打量那些在浮雕上奋勇前进的人们

心头不禁掠过澎湃的激动

还有一种想加入他们之中的

强烈愿望

人民大会堂

人民的事情，都是天下大事

这个专门讨论人民事情的地方

以它一贯肃穆的庄严表情

赢得了人民的最深信任

那片森林般的手臂

将人民的利益高高举起

一阵阵海潮般的掌声

像一声声鼓足干劲的劳动号子

把人民的伟大事业

不断推向新的高潮

红色记忆（组诗）

红　船

南湖依旧用柔嫩的浪花，簇拥着

一条从 1921 年驶来的红船

船舷用它弯弯的臂膊

轻轻环抱着

从黑夜里逃出来的红色种子

他们躲开敌人的追踪

把一条船当作中国革命的摇篮

商讨着该建设一支怎样的船队

把苦难中的祖国

摆渡到繁荣富强的彼岸

红船并不回避历史疑惑的眼睛

它把水中围拢过来的鱼群

团结在自己身边

船上的人，由此也悟到了一条真理

他们决心像鱼儿一样

一生对载舟的水充满感激

如果把历史的镜头再拉近些

就可以看清一幅更动人的画面

船上的每一位年轻人

胸膛里都燃烧着一团渴望燎原的烈火

随时准备照亮，被黑暗笼罩着的中国大地

红　旗

从枪林弹雨中闯过来的红旗

经过短暂的整装

便高耸在了天安门广场

红旗用挺直的腰杆

象征站立起来的共和国脊梁

高高飘扬的红旗

对世风的转变洞察秋毫

它比谁都看得清楚

每一次风浪的涌来和退去

而在每一场风雨面前，红旗

都自信地挥一挥手

给前进的人们指明希望的方向

那些在浮雕上永不倒下的人们

终于天天可以看到，红旗下

舞动的鲜花和庄严的注目礼

他们仿佛还感受到了，祖国

把一面荣誉的旗帜

覆盖在火红记忆上的特别温暖

每当我向红旗敬礼的时候

心中就有一群白鸽飞过

那些洁白的翅膀与红旗一起舞动

把天空装扮得分外美丽

在飘扬的红土地上

从此告别了伤痕累累的苦难岁月

红　歌

用一种歌声进行精神补钙

是一个妙方

的确，高唱红歌的人们

以挺拔的身姿

开始重新诠释信仰的含义

红歌是一种记忆

是关于道路与方向的历史承载

曾记否，那支红色的队伍

唱着红歌，高举火把

把黑夜一次次甩在身后

如今，一些幸福的人们

开始迷失了方向

红色的音符，用最有节奏的呼唤

在引导人们的脚步

完成一次从紊乱到有序的回归

重温一曲熟悉的红歌

让心与心开始聚拢

一种使彼此倍感亲切的旋律

把理想大厦基座上的裂隙重新凝固

并使之比铁更强，比山还牢

红　军

脚板最硬的红军与大地最亲近

无论雪山还是草地

都不忍心把脚穿草鞋的红色队伍

置于万劫不复的死地

红军的鲜血染红了无数条江河

滔滔江河汇流成大地的血脉

从此，和土地息息相关的这支军队

遭遇任何凶狠、邪恶的力量

都不能被打垮

红军用鲜红的血

使白色恐怖渐渐改变了颜色

直至把中华更大的版图

也燃成了火红的色彩

沸腾的红色大潮，终于向旧世界

发出了最有血性的呼喊

高举着红旗开进城里的红军

军装换了一茬又一茬

如今，越发威武雄壮了

但这支红色的队伍，心中

一刻也不曾忘记

热血为谁而流的铿锵誓言

红 岩

在山城，一个叫渣滓洞的地方

关押着一批革命的精英

这里的青天白日旗

把天空遮蔽得比黑夜还黑暗

牢房里盛开出一枝红梅

火把一样燃亮了人们的眼睛

高压枪口可以扑灭歌声中的火焰

火苗，却在眼睛里继续燃烧

一个甘于为革命而装疯的人

心中该聚积着多少仇恨

在这个疯狂、没落的旧世界面前

他才是最清醒的预言家

也是给反动派们悄然掘墓的人

我从四十年代的渣滓洞里

特意拣回了一小块红色的石头

像一粒饱满的种子，摆放在书架上

也种进了现代科学的土壤里

让现实的生活，从此开满信仰的花朵

红色打卡地（组诗）

上海·中共一大会址

在现代版的彩色地图上
已找不见，黑白的
法租界贝勒路树德里三号

那里像一个接头的地点
已被封存在中国革命历史档案馆里
能够牢记住它的人
已壮大到九千多万

去上海，我已养成习惯
必会去寻到这栋二层小楼
以无比崇敬的目光
在心底默默打卡

如今，焕然一新的小楼
每天都在用洪亮的声音

把一百年前那个神圣的秘密会议

诉说给络绎不绝的人听

嘉兴·南湖红船

选一条游船做会议室

却未能开成一个

世上最具浪漫意味的会议

船上的人，个个心情沉重

吃水量很深的船

承载着挽救一个民族的重任

在船上形成的宣言

注定要经受风雨飘摇的考验

彼岸，是船唯一的信念

二十八年后，这个船上

其中的两个人，站在天安门城楼上

见证了那个宣言的实现

井冈山·大井读书石

在井冈山所有的石头中

只有这一块最幸运

它每天都能和一个高个子读书人

一起思考革命的前程

这块石头，更像是一个铁砧

专门用来打造一种叫思想的武器

让武装起来的红色军队

在困境中勇往直前，克敌制胜

读书是另一种方式的战斗

由方块字集结起来的千军万马

被一种高超的指挥艺术

书写成了一部两万五千里的人间奇书

这块从不说话的石头

如今，在月光下也会轻吟出声来

把黄洋界当年隆隆的炮声

注释成今天戒骄戒躁的警钟

遵义·黎明曙光

一支严重受挫的队伍，来不及

驱散心头上的硝烟和擦净面颊上的血迹

决定坐下来，认真地讨论一次

自己生死攸关的前途命运

在这个思想激烈交锋的不眠之夜

一个政党，开始从幼稚走向了成熟

他们决定以更换驭手的方式

挽救革命的马车，脱离危险的歧途

把一张会议桌，当作手术台

在汽灯下，开始刮骨疗毒的手术

自己是自己的主刀大夫

每一刀都切中要害，疼痛无比

黎明前的黑夜是最难熬的时刻

天下即将大白，曙光已轻轻敲响

窗子上的玻璃，街头上传来的吆喝声

仿佛在催促这支队伍重新出发

延安·窑洞里的灯光

在黄土高坡上挖几孔窑洞
安放下远大的理想
再点燃一盏驱散黑暗的麻油灯
让跳动的火焰，照亮作战地图上
一支革命队伍前进的方向

深夜的窑洞里，一个穿粗布衣的伟人
正在用草书写下胸怀天下的文章
他奋笔疾书时投在墙上的身影
已化为一种精神力量的象征

昏暗的窑洞里，一缕微弱的光芒
便会劈开一条光明的道路
一株弱小的灯苗，面对黑夜的围攻
也决不会丧失对黎明到来的信心

经过十三个春秋的艰苦培育
延安已成长为一棵信念的大树
无论前进路上遭遇怎样的风雨
都将会给人以挺直脊梁的无畏勇气

西柏坡·仰望五人铜像

一组充满着向往神情的五人铜像

并肩站立在一个小村的广场上

我从他们高瞻远瞩的眼神里

足可看出，一个政党已经充分做好了

进京赶考的思想准备

就是在这个普通的小山村

他们和团队仅用十个月的时间

便构思出了一张宏伟的蓝图

并从这个用土墙围成的小院里

迅速传递到辽沈、平津和淮海各地

当年，站在这个马蹄状的山坳里

就是站上了观察世界风云的制高点

他们放眼望去，终于欣喜地迎来了

新中国的第一缕曙光

我久久仰望这组铜像

仿佛他们都有话要对我说

我在心中一遍遍地猜想

他们每个人语重心长的话语

直到从清晨的阳光中，看到了

他们脸上共同露出的满意的微笑

南昌·穿透黑夜的子弹

再没有比一粒冲出枪膛的子弹

穿透反动统治的黑夜时

那样义无反顾，勇往直前

它呼啸的声音很尖锐

让人陡然望见了一缕炫目的曙光

面对武装起来的敌人

中国革命几经挫折

终于选择了武装斗争的正确道路

只有夺过了枪杆子

才能夺回，劳苦大众自己的命运

子弹在黑暗中飞行

穿过南昌城头，继续北上

它追随着一面红旗

从井冈山一路到陕北

穿越了两万五千里艰难的路程

子弹的使命就在于

精准击中反动派的要害

让一座已腐烂透顶的殿堂轰然倒塌

在战火燃尽的废墟上

重新建造起

一个由人民当家做主的国家

韶山（组诗）

在毛泽东铜像广场

手握一卷书

活到老学到老也思考到老

一生都在攀登思想的巅峰

俯瞰世界的风云变幻

经历过无数风雨的人

目光更加深邃、澄明

你站在黑夜里，已经看到了

刺破地平线的桅杆

喜欢用真理的磨石

将思想磨砺出尖锐的光泽

并用这个从山沟里走出来的主义

把一支革命的队伍武装起来

今天，我忽然懂得了

人民喊你"万岁"的含义

它与封建意识毫无关系

只是人们，用来表达心底祈愿时

选用的一个最朴素的旧词

韶山绿海

我从大连的海滨出发

专程去韶山

去看那片更绿的海

韶山的海浪很高

高过牛头山，高过韶峰

浪花刚跃上每座山顶

又沿着山坡冲向了谷底

难怪，一位穿长衫的书生

早就觉察到，韶山奔腾的绿海里

怀有比石头还顽强的斗志

和比大海更宽广的胸怀

这些不可低估的力量

抱定必胜的信心

昼夜涌动，直至彻底推翻

那三座压在人民头顶上的大山

当年，一群一无所有的人

选在秋收的时节

跟着一位从韶山走出来的青年

拉起一支红色的队伍

奔向了能瞭望得更远的井冈山

无论我怎样挥动想象的翅膀

也无法飞越韶山的高度

在这片绿海上空飞翔

眼睛便渐渐由深情地俯瞰

抬升为崇敬地仰望

韶　峰

我试图用目光推动韶峰旋转

让它与中国的版图对望

韶山，就像是祖国最钟情的影子

放大后的韶峰，使我端详出

一副中华民族挺立的形象

若再换个角度欣赏

又会发现，整个韶山

原来是一粒放大后的红色种子

我站在韶峰上，猜想

一定会有一根信仰的立轴

把分裂的大好河山

在旋转中，都渐渐地

向这里聚拢

韶峰，以矮我五尺的谦逊

赠予了我一个

辽阔无边的崭新世界

南岸私塾

青砖里的《百家姓》
垒进了毛泽东童年的记忆
他把老百姓的事
从小就安放在心上

识字从"百姓"开始
这才是得天下的秘诀
"百姓"的别名就叫：江山
谁爱老百姓
天下江山才会爱他

八岁的毛泽东在这里启蒙
第一堂课
就学到了一个颠扑不破的真理
这棵信念的幼苗
经历几十年的风雨
终于长成了共和国的栋梁

今天，我们在大树下乘凉
一边想着百姓与江山之间

最简单的因果关系

一边怀念历史的风雨中

那个最坚定的身影

韶　河

韶河走过的路，总是曲曲折折

这很像它哺育过的一位伟人

九曲十八弯地向前奔走

直到汇入，革命的汪洋大海

那些穿山过涧的浪花

跳跃跌宕，生来就拒绝

一切四平八稳的脚步

面对围追堵截的顽石

无论它们布下阴谋还是阳谋

都阻挡不住韶河的意志

韶河，把细小的溪流团结起来

形成一支不可战胜的力量

水势与日俱增——这样的水流

可载舟，亦可覆舟……

韶河是一道耐人寻味的风景

无论从哪个季节观赏

都能让远道而来的人们

在心里折射出，当年

中国从苦难走向胜利的艰难身影

上屋场

这是一座有"靠山"的农舍——

坐南朝北。池塘里开满了荷花

绿水洗濯一个高个子青年的影子

使他看到：茅屋顶上

一支支火炬在水深火热中燃烧

他收拾起简单的行囊

携一把油纸伞，走出家门

向北，继续向北……

他要用韶山冲的火炬

点亮被黑暗笼罩的中国大地

如今，很多渴望温暖的人

远道而来，在上屋场

仰起目光，从池塘的荷花中

接种新的火种

去照亮生活中那些冷漠的日子

并追忆曾经有过的满腔热忱

这间极普通的农家房舍

因了背后一群青山的撑腰

比那些速朽的精神宫殿

坚固百倍

滴水洞

阳光，藏在水的心里

一滴水，用放大后的光芒

就能轻易刺破

整个旧中国的黑暗

这是一座天然的房子

里边装满了幻想，也装满了

一个伟人的童趣

三十年后，韶山水库里的畅游者

从深水处，打捞起了许多

自己童年的欢笑

他说："在这个山沟里

修几间茅房子吧！

我老了，来住一住……"

滴水洞听清了这句动情的乡音

它比故乡的月亮还要明亮

这里是灵魂回归的地方

风雨一生，让晚年的复杂心情

仰泳在家乡的水库中，歇息一会儿

做一回天真的孩子

滴水洞里的许多故事

被后人精心挖掘，一件件

晾晒在博物馆里

让来访者清晰地辨认出

历史投影在水里的脉络

虎歇坪

虎歇息过的地方
留下了虎威

凌空突兀的崖石
丈量着虎的胆量
敢在高峻处扬声长啸者
注定不是鼠辈

山形如牛，却与猛虎为邻
忍辱负重的牛们，一旦愤怒
也会像虎一样威猛
扑向，压迫它们的敌人

虎歇坪
一柱擎立的宣言
像一面咚咚怒吼的大鼓
敲响人们奋发的雄心

风雨中的毛泽东

来韶山，为的是

完成一次心中的仰望

我站在雨中打量你

一生经历太多风雨的人

已不再把风雨，当作风雨

风风雨雨的日子，不用再撑起

那把爬过雪山、走过草地的油纸伞

广场上，你以铜质的身姿

告诉后人，唯有正直地站立

才能使心中的信念永不倾倒

没有骨气的人，注定一生爬行

而一个缺钙的旧中国

在漫漫长夜中，竟找不到

一根挺直的旗杆

和一面火一样燃烧的旗帜

风雨浇不灭的圣火

从一个人的心里开始点燃

继而照亮了一个家族、一个村落

并向远方更大面积地伸展

最终，以燎原之势

将华夏版图铸造得焕然一新

我在雨中仰望一尊铜像

仿佛寻觅到了一把精神的巨尺

在韶山广场的显赫处

你用微笑，一直在鼓舞着后来人

面向未来，不畏风雨

毛家菜

毛家菜的配料很别致

尤其调味品，巧妙地精选了

一个伟人的名气

吃过毛家菜的人

都会意味深长地品评

一段革命历史的味道

从中细嚼出，几多赞佩

几多慨叹与怀念

在风中招手的酒幌
指给我，当年一个胸怀大志的青年
就是从这里出发，走进了
风雨中的中国革命史
他留下的脚印，清晰地刻在了
后人的口碑上

毛家菜也许辣了些
但决不甜甜腻腻
只品味一次，就会让人们记住
它火辣辣的性情

永远的长征（组诗）

遵义品茶

闯过乌江天险

疲惫不堪的红色军队

在遵义城下的芙蓉江畔

顾不得掬一捧江水

洗一把满面的征尘

便打起精神

穿着草鞋或光着脚板

威武地进城了

一群年轻的革命领导者

经过一路的争论

终于决定

在敌师长这座漂亮的住宅里

坐下来认真地讨论一下

革命的前途和命运

每个人都捧着一杯热茶

细细地品味着

遵义茶叶

与井冈山茶叶的不同味道

每个人都激动地说出了

自己心里的感受

深夜，漂亮的煤油灯愈显明亮

在人们的眉宇间

照出了一片橘黄色的光彩

遵义的夜晚真短

不知不觉中

街上已传来了

小贩清晨卖豆花的叫卖声

这个夜晚

墙上挂钟的脚步走得格外沉重

它亲眼看见了

革命的车轮

怎样经过一夜的激烈扭转

终于才转折到了

正确的轨道

城外密集的枪声

在催促红军立即赶路

此刻挂钟正好敲过六响

一字一顿

仿佛一位历史老人

在说一句哲语——

"雨后总是阳光！"

心中的草地

在女儿的心目中

草地永远是生长欢乐的地方

草地和节日连在一起

和漂亮的连衣裙连在一起

她可以娇气地在草地上打滚

用满脸的天真摆出一副

在电视里学来的娇媚姿态

让爸妈为她"咔嚓"一张

节日的纪念

望见草地

我便联想到历史课本里的长征

并力图以最通俗的语言

最形象的表达

来重现几十年前的那片草地

告诉女儿当年有一支红色的队伍

怎样穿过那片死亡的沼泽

并怎样用鲜血

才把她脖颈上的红领巾染红

女儿瞪大疑惑的眼睛

像听一个遥远的神话

时间的河床越流越宽

历史的桥梁急需延续

女儿多么渴望

能听到一个关于

神话与今天相连接的故事

于是我决计翻箱倒柜

重新研读一遍

几十年前的那串脚印

把关于红军长征的故事

一个个捡起

然后用最浓重的情感

砌铸一座坚固的桥墩

为女儿架通

历史与未来的精神之桥

我深深祈盼

女儿能走好未来的人生之路

这既是草地告诉我的一种义务

更是草地启迪我的一份责任

走出井冈山

一旦人的思想

拒绝了真理的沐浴

一旦无言的真理

被谬误随意地嘲弄

一场灾难的病根

便潜伏于肌体之内

红军的造血功能极强

红军从不怕流血

但一个幼小的生命

在黑色恐怖的夜晚

一旦被推向了危崖

无论如何也构成了一种

灭顶之灾

思想冲动的丝线

往往牵动手脚去犯错误

头脑越热

在绝路上跑得越远

当一些冲动的人们

把冷静的手术刀

视作一种可怕的危险

被搁弃在远离病瘤的

一座叫高鼻垴的小山上

红军本已恶化的瘦小躯体

只能更加恶化

从江西出发

一路上撒遍了红军战士的尸体

当五万多条英雄的生命

流尽了最后一滴热血

当那些虔诚的血液

将湘江之水染得通红

"洋房子"里产生的行动路线

便不得不在穿草鞋的脚下

重新更改了

代价也是一种财富

常令人灼痛般地沉思

那些漂浮在湘江之上的

红军战士的尸体，或曲或直

和圆圆的斗笠一起

有意无意地组合成了

一片片红色的问号和感叹号

警示着未来

也启迪着未来

赤水河

出名也需要机遇

河流家族中的这位小弟弟

因与红色有缘

便闻名于中国革命史

河畔沉睡的石头不曾晓得

当年日子里

为何会有那么多的草鞋和马蹄

从这里疾速来来回回

河中的鱼儿瞪着好奇的眼睛

目不转睛地注视着

这些来来往往的红领章和八角帽们

将要在这里创造一件

怎样惊天动地的壮举

一位神态非凡的高个子军人

连同他亲如兄弟的战友

一起来到赤水河边

操着很浓重的湘音

说他很想在这里写一首好诗

于是，他们开始精心构思

红铅笔在军用地图上

飞来驰去

最后，他把笔锋朝遵义城头

重重一挥

敌人便以二十个团为代价

为他这首墨迹未干的新作

做了一处贴切的注脚

多少年后

人们再来欣赏《四渡赤水》

越发赞不绝口

凝视泸定桥

在这张 1935 年的灰色照片上

依然是恶浪滔滔

依然是雾锁云腾

这是探险家试胆的好地方

也是敌对双方

斗智比勇的好考场

泸定桥

以它八十丈长的惊险一幕

在红军长征的途中

又展开了一份

生死存亡的考卷

寒气袭人的盈尺铁环

要锁住红军前进的脚步

震耳欲聋的滚滚涛声

想吓退红军胜利的信念

越是历史最关键的环节

往往越会产生最动人的故事

二十二名钢铁一样的英雄

为夺取战斗的胜利

迎着枪林弹雨

硬是爬过了这段神话

在中国革命的大书上

重重地描绘上一幅

惊心动魄的画卷

令几十年后不同肤色的人

还简直不敢相信

凝视泸定桥

便会觉出思绪的沉重

仿佛有一种不老的精神

正沿着桥头的铁锁链

向着明天

一环环延伸

腊子口

越是险恶的地方

越有稀世的风景

腊子口

是红军长征途中

遇到的又一处

惊险奇观

绝壁峭立

水漩浪急

若不是悬崖上

敌人筑起的那一群群

大煞风景的碉堡

这里倒还真是个

诗情画意的所在

上苍造下的这处罕世奇景

因了一种倒行逆施的黑暗政治

却变成了一张

仇视正义的喷血大口

那一排排探着枪管的碉堡

像一颗颗兽性十足的獠牙

在向红军示威

敌人哪里料到

在一个漆黑的雨夜

忽然有神兵天降

无数呼啸着复仇的手榴弹

从头顶泻下

把蒋介石又一个固若金汤的美梦

顿时炸得粉碎

违背民意者

必将违背天意

世上无论是天险还是人险

只要与正义相悖

便注定了一种

灭顶的结局

两河口

作为历史的见证

你亲眼看到

梦笔河，虹桥河

为了一个共同的目标

在这里激动地交汇

从此，一路上难分难离

当两股革命的洪流

也奔流到这里

面对大自然的启迪

正欲携手北上的时候

关帝庙里的会议桌上

一位以首领自居的人物

拥兵自重

鼻孔里发出了一声

不屑的哼声

利欲的沼泽和权位的高山

最易使思想的河流改道

自己成不了蛟龙

便拒绝江河奔向大海

自己越不过高山

便将善良的灵魂

推向绝望的深渊

历史决不会坐下来打盹儿歇息

时间也不会掉头回转

面对历史机遇的岔路口

人生信仰的脚尖

便不知不觉中

抉择了命运的方向

或是义无反顾地走向光明

或是苟且偷安地滑向黑暗

安顺场

历史往往出奇地相似

又一支农民的队伍

沿着多年前的那串脚印

来到了冤魂遍野的安顺场

这是个令英雄气短的地方

这是个让英魂饮恨的地方

大渡河的巨浪惊涛

早已把石达开的一世英名

冲卷得不知去向

他那三位漂亮的王娘

至今未能抚平大河的暴烈

不必祈天

神话从来都由人间创造

站在江岸南边山坡上的毛泽东

抚今思昔，以非凡的胆略

指着滚滚恶浪自信地断言

一个腐败透顶的政权

无论统治者如何修补

也总会留有一个致命的破绽

心细如发的毛泽东

像一个考古专家

伏案于煤油灯下

一寸寸地勘察着历史的足迹

终于，他和同伴们相视而笑

不约而同地看到了

蒋王朝的一个绝大漏洞

于是，中国革命的历史

便由安顺场转势而上

在几根光溜溜的铁索上

创下了又一个惊世的奇迹

大渡河的浪涛

从此认识了真正的英雄

并由此看清了

历史的走向

雪　山

神秘莫测的夹金山

因了当年一支红色队伍的攀登

便成了人们心目中

一种精神力量的象征

四千多米的寒冷

被一层层神话般的传说包裹着

这对腹饿衣单的红军

构成了最残酷的挑战

奇迹，也往往就是在

不可思议中产生

一种比雪山还高大的信念

拄着意志的拐杖

终于把神话踩在脚下

翻过雪山的人们

首先是翻越了自己

一支能战胜自己的队伍

怎能不无敌于天下

几十年后

一位因画雪山而一举成名的画家

用他最传神的一笔

把皎洁白雪映衬下的红旗

画成了一团

永远燃烧不熄的

红色火焰

温暖着历史

也照亮了未来

马骨无言

这匹高头骏马

最终以雕像的姿态

永远定格在了

那片死亡的泽国

草地永远不是想象中的草原

驰骋的愿望

必须忍受最艰辛的跋涉

并以百倍的警惕

避开草地设在鲜花下的

一个个陷阱的暗算

革命的道路

总会遇到

不可预测的惊险地段

当你负重的四蹄

已深深陷入一种生命的绝望

面对茫茫的草地

你最后的心愿

是将自己瘦弱的躯体

通过红军战士干瘪的胃口

转化成一丝前进的热量

马骨无言

那些一心跟着红旗走的人们

都在心里

默默把你当作了

人生的路标

党　徽

镰刀与锤头结合

就构成了一幅

最富有战斗力的图案

越来越多的领跑者

喜欢佩戴上它

展示生命中最闪光的风采

如果，我戴上它走在大街上

一些陌生人的目光

就会不约而同

投来一份信任与尊敬

他们目光的聚焦点

一定在我挺起的左侧胸膛

也有的人，把它当作了装饰品

别在离心脏很远的地方

让这枚特殊的听诊器

耳中灌满了杂音，却听不真切

一颗心最真实的跳动

我渴望用高科技材料

制作出一枚能测量忠诚度的党徽

无论佩戴者坐在台上或台下

都能让人一眼即可辨出——

他的胸中是燃烧着一团火焰

还是藏着一块冷漠的冰

这一天

这一天，许多人都会讲到

一个关于船的故事

这条红色的小船

一心想把千疮百孔的旧中国

渡向复兴的彼岸

这一天，人们又都在思索

水与船的朴素关系

没有水的托举，船将寸步难行

只有让水过上平稳的好日子

船，才不会有倾覆或搁浅的危险

这一天，锤头会选一块最好的铁

打造一把收割麦穗的镰刀

然后，它们拥抱在一起

和一面招展的旗帜，组成一幅

形象鲜明的最美图案

这一天，我就会想起十八岁的拳头

第一次庄严地举过头顶

那个仅有八十字的经典誓言

已被一遍遍重温成

我人生中最珍重的诺言

并时刻提醒自己，永不违背

走进七月

走进七月

就迎来了一个伟大的生日

恰在这个红色的日子里

我曾面对一面令我心潮澎湃的旗帜

高举起镰刀一样弯曲的手臂

将充满青春朝气的拳头

庄严地举过头顶

永远握成了一只坚强的铁锤

从此，我挥舞的机翼

开始模仿镰刀的样子

在蓝土地上收割奉献的青春

我还用镰刀的利刃

下定决心，随时剪除

航线的地垄旁冒出的杂草

我稚气的拳头

像淬过火一样越来越硬

后来，被人们称作"空中铁拳"

经历过四十年的锤炼

终于打造成了

一个"蓝天卫士"的光荣称号

每当走进七月

心情比飘扬的红旗还要激动

七月，就像一面深邃的镜子

注视着我人生的每一次起飞、降落

每当我用思想的羽翼

轻轻擦拭七月

它就会清晰地映照出，当年那个

举起神圣右拳的自己

起飞中国

起飞中国（长诗）

—— 贺国产 C919 大型客机首飞成功

我的生命注定要写进这一天的日历

从跨进驾驶舱那一刻起

我就把自己都交给了 C919

它也把命运交给了我

这一天，上海浦东机场的天空阳光明媚

把试飞现场几千人激动的心情

也映照得像五月的天空一样晴朗

我调匀呼吸，再次仔细检查每一项座舱设备

仪表板上的每一只指示灯

都向我意味深长地眨着明亮的眼睛

它们像刚踏上花轿的新娘，眼神里充满了

难抑的激动和掩饰不住的一丝紧张

而此刻的我，心情和 C919 一样

彼此怀揣着好奇，一次次把对方深情地凝视

我了解 C919 不平凡的身世

也听说过它背后藏起的太多的动人故事

它是一个"吃百家饭"长大的孩子

血液里流淌着几千名设计师的腾飞梦想

就连身上穿的衣裳，也是来自祖国的四面八方

——有成都的帽子、江西的上衣、哈尔滨的鞋子

还有西安的风衣、沈阳的裤子、上海的领带……

这样的完美组合，才更具一副中国的气质

我还知道，C919是一个腹有诗书的才子

据说，它有六项学问至今无人可及

能与这样的优秀者做合作队友

是我的荣幸，更是一种信任的依托

我和C919神情肃穆，静静地昂立在起飞线上

只待那一句"起飞"的口令

发动机涡轮叶片的旋转比思绪更快

我收回想象，目视笔直的通天大道伸向远方

将心中按捺不住的冲动，用刹车止住

C919在静止中积蓄着冲刺的力量

我的心和它一起震颤，一起渴盼

巨大的轰鸣声淹没了外界的一切窃窃私语

一个大国的自豪，即将起飞

我感受到了 C919 的巨大推力

它正在让一个民族的伟大梦想不断加速

跑道两侧的障碍物统统被甩在了身后

速度表上的数字在迅速攀升

我在耳机里仿佛听到了自己的心跳

加速滑跑，再加速、加速——

C919 终于盼到了昂首挺胸的时刻

我双手握紧驾驶盘，像轻轻托起

一颗初升的太阳，又像托住了一个初生的婴儿

飞机挣脱大地怀抱的那一刹那

我的心倏然下沉，虽意志决绝，但又依依不舍

这多像十月怀胎的母亲，猛然听到了

那一声让人喜极而泣的幸福哭喊

今天，所有的云朵都格外洁净、安详

它们轻轻擦拭着 C919 修长的双翼

像抚摩一位新过门的蓝天女儿

C919 尽情地沐浴在万里春风和灿烂阳光下

比游弋在大海中的大白鲸游姿更美

飞翔中，我的意志被插上了自由的翅膀

其实，我就是一只巨大的白鸟

用羽翅在蓝天上描绘一幅最美的图画

我要让日月星辰和所有仰望的眼睛

都能看清，并牢牢记下 C919 潇洒的身姿

记住 2017 年 5 月 5 日这个神圣而庄严的日子

是的，我用使命把 C919 送上了天空

我的生命，从此注定要和 China 焊接在一起

天空不再只会掠过 A 字头和 B 字头飞机的身影

更多 C 字头的飞机，将跟随我一起起飞

一个庞大的机群，将穿行在地球未来的上空

用一条条纵横交错的航线

编织出一张巨大的天网，为全人类

日夜打捞，最吉祥、美丽的礼物

仰望红旗

五颗星星围拢在一起

日夜促膝谈心

它们讨论的每一个话题

都会在时代的大风中

猎猎作响

它们永远珍爱

脚下这片红色的土地

无论是沟壑

还是平川

都会肩并肩地一起走过

飘扬的红旗与跳动的火焰

更像是一对孪生姐妹

不仅容貌相似，就连心跳与呼吸

也都保持着相同的节奏

每当我站在红旗下仰望

腰杆就会像旗杆那样挺得笔直

含在眼眶里的泪水，就会

浇灌出两朵鲜花

在一腔热血中悄然绽放

最爱一支歌

这支歌的旋律

和我脉管里的血液

拥有同一个共振的频率

每当唱起这支歌

心情就情不自禁地激动起来

我喜欢挺起胸膛

用最深情的歌喉高唱这支歌

歌声里的硝烟与烽火

会把一个民族的记忆灼疼

也能把一个民族复兴的斗志唤醒

当年，我教女儿学唱这支歌时

她还不懂歌词的含义

当童声唱出含混不清的词句时

正是我特意植进一个两岁孩子

心灵深处的第一粒种子

如今，这是我们最爱唱的一支歌

每当听到它熟悉的声音

就像找到了一位失散的亲人

唱着唱着，脚步就走到了一起

擦亮国徽

每当我又闻到

从国徽的麦穗里飘来的麦香

目光，便会轻轻扬起

仰望的脸上，就会映现出

那面五星红旗的色彩

我还真切地听到了

齿轮咬合时代脚步前行的声音

每攀登一级台阶

都将齿痕的脚印，深深嵌进

身后七十年的辉煌历程

当我用湿润的目光

精心擦拭落在国徽上的浮尘

仿佛是在捧起母亲慈祥的脸庞

久久端详后，就能从岁月里

看到她欣慰的笑容

我把国徽高举过头顶

使它具有了蓝天的高度

我张开钢铁的翅膀日夜巡航

只为让它，永远能够——

白天，风和日丽

夜晚，星光璀璨

长子礼赞

一副挑过重担的厚实肩膀

永远不会有耸肩的形象

肩头上的汗珠，从未停止过滚动

它们汇成了辽河、浑河

还有碧流河、太子河、英那河

这些流淌在辽沈大地胸脯上的汗水

每一条都有一个响亮的名字

一个从战火与贫穷中建立起来的大家庭

日子常会遭遇到极度的困难

而最先挺起腰杆的人

一定是家中最有担当的长子

他最懂父母焦虑的心情

总是竭尽全身力气，替全家人

支撑起风雨飘摇的屋顶

他把用汗水换来的丰硕果实

慷慨地赠送给兄弟姐妹，而自己

总是留下最瘦小的那一颗

他以最少的营养，换来最大的力气

为大家庭分忧，也为弟妹们做出榜样

父母看在眼里，对他的一次次付出

既心疼，又感到欣慰

建设美好的日子，需要大量的钢铁

他就挥汗如雨架起高炉

把一座无名小城，终于炼成了

远近闻名的庞大钢都

当幸福需要加快奔跑的脚步时

他就废寝忘食地研发机车

把一座海滨城市，带动出

和高速旋转的车轮一样如飞的速度

他还擅长开机床、挖煤炭

也精通耕种水稻、玉米和高粱

下海捕鱼，他是行家里手

因为在海边长大，还学会了造船

一艘又一艘大船驶向了辽阔的海洋

几十年来，他一路奔波，虽然很疲惫

但前进的目光，依然坚定如初

新时代的太阳已冉冉升起

他重整行装再出发

向着更高远更艰难的目标跋涉

"转型"就是一场自我革命

在一条滚石上山的路上

他又一次满怀自信，决心创造出

不负众望的崭新奇迹

着 舰

—— 祝贺国产 001A 航母下水

我调匀呼吸，将尾钩轻轻放下

目光微微抬起

操纵飞机，再一次扭动身子

将机头对准甲板上的跑道

然后，大声报告——

"请示着舰！"

飞机缓缓下降，我的心

却在一点点提起

清晰的四道拦阻索，神经绷紧

它们都想成为

第一个把我前冲的身体

一下子抱住的勇士

那个站在指挥塔上微笑的人

心情并不比我轻松

他从眼镜后面也伸出了两道钢索

紧盯着舰场上的一举一动

我收小油门，让机轮贴近甲板
想象着尾钩将与哪一道钢索相握
从下降到停止
在这十二秒钟的着舰过程中
只有两个字，可供我选择——
一个叫生，另一个叫死

面对极短的甲板跑道
在最应减速的境地，我却要
义无反顾地加速
前冲、前冲、前冲——
只有拼命地前冲
才能焕发新的
生命

我终于品尝到了"撞墙"的兴奋
折叠的翼尖高举成胜利的形状
向欢呼的手臂致意
那位面带微笑的总设计师
在高处向我招手

可谁都不知道，这次猛烈的撞击

把满头银发的他

撞成了一个兴奋的青年

战机向起飞的位置昂首滑行

途经那面红色的旗帜时

我以军人的注目礼，向它致以

最深的敬意

今天，我画下一张蓝色的地图

今天，我只想在一张洁白的纸上

画下一张蓝色的地图

把中国南海，一笔一画

画在象征祖国尊严的虚线之内

一个五十三岁的老兵眼睛有些花了

但中国南海的每一座最小的岛礁

都不会被我的笔尖落下

我必须提醒自己，画这样的地图时

要瞪大眼睛，绝不可掉以轻心

画着画着，我的眼中便噙满了泪水

我再也不想把任何一块礁石

涂成其他颜色

也不想用易擦的铅笔，标注上被谁占领的字样

在我眼里，它们本就应该和祖国大陆

永远保持着同样的鲜红

画到最后，我竟然突发奇想

把环绕中国南海的红色虚线

画成插上翅膀的战鹰

它们像一列日夜巡航的威武鹰阵

把东沙、西沙、中沙、南沙的广阔海域

都庇护在钢铁的翼影之下

这个下午，我对着一张蓝色的地图

回想了许多飞翔的往事

推油门的左手，总有打开"加力"起飞的冲动

而握笔杆的右手，像重新握住驾驶杆

让心和呼啸的战机一起跃升、俯冲

我仿佛又回到了熟悉的起飞线

只等待塔台，发出那一句神圣的命令

改革开放关键词（组诗）

责任田

一只红头顶的吉祥鸟

翩翩飞翔在中国的大江南北

传递一个喜讯——

土地，要把责任分给大家

让每一个人，都能种植

符合自己心愿的庄稼或果树

欢喜的秧苗，你追我赶地长高

果树的胳膊，被沉甸甸的果实

压得离地面越来越近

仿佛每一颗甜蜜的心

都在感激养育它们的土地

每一粒粮食

都牢记住了自己的身世

每一棵果树

都把几十年的风雨经历

一圈一圈刻在了心里

它们对政策和道路的理解

像粗壮的腰杆一样朴实又简单

当年倡导大家分田和种树的那个人

像一棵老树，放心地躺下了

他作为"中国人民的儿子"

却一天也不曾离开过

祖国大地最深厚的怀抱

一国两制

论吃火锅，再不会有谁

比四川人更聪明——

一边辣得冒汗

一边又香得流油

同一炉灶，同一锅水

却把两种迥异的底料

用一层薄薄的智慧

从中间隔开

这样，不同口味的一家人

既能亲密团聚

又不再担心众口难调

他们在举杯相庆时

都从心里感慨

发明鸳鸯火锅的人

最了解中国的国情

家庭联产承包责任制

为了帮助女儿弄懂

这个名词的含义

我只能翻出四十多年前的饥饿

与她今天的丰衣足食对比

从土地只疯长工分、不生产粮食说起

一直讲到，割掉那条有罪的"尾巴"

人们的裤腰带，越勒越紧

脸上的菜色越来越重

锅越来越大，粥却越来越稀

饿急了眼的人们，开始偷偷地

开起自家的小灶

他们害怕炊烟走漏了风声

只好借助夜色做掩护

这个名词，曾一度遭遇过难产

但饥肠辘辘的人们

还是冒着风险，将它救活

垄沟里的雨水，快被杂草堵死了

幸好一把红头的铁锹及时赶来

才把淤积的渠道疏通

满脸疑惑的女儿笑了起来

她绝想不到，一个名词的由来如此复杂

我也苦笑，为那段让人费解的岁月

深感，一个人的英明伟大

南方讲话

他嫌北方的车速偏慢

才决定去南方，寻找一种

爆发力更强的燃料

用来推动，"中华号"列车

他站在车头的最前边，顶着风

对大家说：步子还可以更快一点

他心里着急啊——

在世界竞赛的跑道上

怎能眼看着心爱的祖国

落在别人的身后忍气吞声

他看准了南方这架敏锐的巨钟

只要轻轻一拨

就能发出震天撼地的回响

让那些稍有懈怠的齿轮

重新密切咬合，加速运转起来

不论走到哪里，在他身上

总带有一股强劲的风

这种看不见的力量

让蓬勃向上的树叶，感激地鼓掌

直到整个树身，摇曳成

一面舞动的旗帜

香港回归

娘身上的亲骨肉

让强盗掳去了，却被强迫

叫了别人一百年的爹

孩子就在自家的门口

脖子上，却套着一条洋文的锁链

他被当作一条拉爬犁的奴犬

供人作乐，并天天遭受

霓虹灯冷眼的羞辱

泪水流满了香江

使香江里的鱼也满腹苦涩

三万六千个日日夜夜

想念亲爹娘的香港

竟不许迈过半步

那道不平等的门槛

1997 年，百年的卖身契

终于老化成一张废纸

穿洋装说中国话的那个孩子

已是满头银发——

祖国啊，您还会疼爱我吗？

归来吧！漂泊、孤单的孩子

在祖国母亲的怀抱里

你永远是那块让娘疼爱的心头肉

西部大开发

运送颗粒饱满的草籽

也运送满腔的热情

让西部的沙洲

渐渐长出东部沿海绿色的朝气

跋涉的骆驼，不必再担心

西部的山太高、风太冷

铁路伸出长长的双臂

像为西部接通两条输血的脉管

西部的海拔穿透了云层

却存不住富庶的雨水

人们担心一阵风把一场雨领走后

西部仍旧要忍受干渴

必须双管齐下——

一边加紧输血

尽快恢复西部肌体的机能

一边培植造血的细胞

让西部的体质一天天自我强壮

很想亲手栽种一株吐鲁番的葡萄

让甜美的根须深深扎进当下的记忆

若干年后，我将在夕阳下

自豪地讲述，中国这一场

最伟大的增援战役

神舟五号

那一刻，所有中国人的心
都在高飞
所有目光的双臂
都在为你的骄傲腾飞
默默加注民族自信的燃料

神舟，载着神州的夙愿
去与太空握手
你采撷的星光、自豪和祝福
让长城蜿蜒的城垛
迎来了世界惊叹的目光

这一刻，我对着电视屏幕
与你激动地对话
泪水和汗水，共同浇开的花朵
撒满了整个天空
我隐约感到，翅膀下
有一种力量正向翼尖的方向
悄悄延伸

三峡工程

把一群水的脚步留住

坐下来，共同商讨一番

中国的缺电难题

没电的日子太难熬了

机器集体沉默

电灯同时失明

高压线在空中吹着无聊的口哨

心中没有了一点进取动力

人们开始与水对话

动员这些滔滔不绝的水

把身体里蕴藏的巨大能量

奉献出一些给焦虑的人类

水的觉悟越来越高

渐渐爬上了半山腰的天空

并终于想通一个道理——

毫无节制地日夜奔流

无异于是对生命的肆意挥霍

终于，中国下定决心

给长江的水修建一个庞大的营地

让这些听令出征的水流

去大面积点亮

大江南北的幸福生活

大连，从苦难走向辉煌（朗诵诗）

打开一张中国地图

你就会在辽东半岛的最南端

找到一座依山傍海的美丽城市

它拥有一个把两个大海

浪漫地连接在一起的名字

——大连

这里有醉人的海风

这里有不冻的港湾

翘首远望的老铁山

与山东半岛达成天然的默契

仿若一双巨型的门扇

同扼祖国东方的海疆与蓝天

在一页面目模糊的日历上

刻骨铭心地记载着

那一场侵略者引来的战火

至今，仍在灼疼着大连的记忆

一座被炮火熏黑的城市

永远定格在了耻辱的甲午年间

一群从海上登陆的小胡子

与一群从背后插刀的长胡子

都长着同样一副强盗的嘴脸

他们轮番将大连抢为己有

在一张张不平等条约上

字字句句，写下了中华民族

屈辱的泪水和愤怒的呐喊

任人宰割的历史不堪回首

但历史绝不能重演

自从一个年轻的政党

从浙江南湖的一条红船上

向世界发出了一份铿锵的宣言

大连，这片受尽侵略者蹂躏的土地

才拥有了一粒燃烧的火种

让漫长的冬夜，终于盼到

春风吹拂般的温暖

那些星火一样闪亮的名字

正向着大连悄悄地聚集

他们要用自己的青春与热血

最先照亮这片富饶的土地

大罢工、大刀队、放火团……

许多在黑暗中期待燃烧的生命

从一次次致命的重创中爬起

把信念的星星之火重新点燃

你们的名字也许不为人知

但你们的雕像却永远挺胸向前

李大钊、刘少奇、罗章龙

李震瀛、陈为人、邓中夏

关向应、张炽……

而更多的人没有站在雕像里

这些在黑暗中播种光明的人

只要默念一遍他们的名字

心中就会拨亮疲倦暗淡下来的灯盏

我很想询问年轻时的傅景阳

作为大连地区第一名共产党员

你可曾大胆地想象过

将来会有多少后来者与你并肩作战

今天，这支五十多万人的庞大队伍

正像你当年一样

因深爱这座城市，而甘愿

为她奉献青春年华，甚至流血流汗

这是一座为全国人民的解放事业

输送过大炮弹的城市

这是一座从自己深情的怀抱里

护送国产航母驶向深蓝的城市

这是一座在全国文明城市创建中

获得六连冠佳绩的城市

一个个骄人的成就与荣誉

怎不让人对这座充满活力的滨城

充满无限向往，发出由衷的赞叹

新时代的大潮在声声呼唤

总书记"两先区"的殷殷重托

让七百多万勤劳的大连人民

倍感光荣自豪，又深感重任在肩

一张远景蓝图已经绘就

新一代的大连人别无选择

唯有绝地而后生，撸起袖子、甩开膀子

向着更高远的目标奋力追赶

看啊，一轮浴火重生后的红日

已悄悄染红了大连辽阔的海面

百年辉煌（朗诵诗）

一条红船，承载着一个远大理想

从百年前的南湖出发

使风雨飘摇中的一个政党

闯过了无数礁石险滩与惊涛骇浪

一支穿着草鞋前进的红色队伍

把雪山和草地踏在了脚下

每个人心中都燃着一团不熄的火焰

锤头和镰刀是火的烙印

一路创造奇迹，一步步走向辉煌

怎能忘记，在炮火纷飞的抗日前线

有多少党的好儿女血洒疆场

把侵略者赶出中国去

中华民族才迎来了黎明和希望

共产党从小到大，由弱到强

战胜了用飞机大炮武装起来的反动派

在党旗的正确指引下

谱写出了解放全中国的盛世华章

天安门城楼上那声庄严的宣告

让受尽欺辱的中华民族挺起了胸膛

从此，在新中国的版图上

每天都升起一颗鲜红的太阳

那些企图把新中国扼杀在摇篮里的敌人

将罪恶的战火步步逼近了鸭绿江

一场异常残酷的立国之战

最终彻底击碎了侵略者的野心与狂妄

世界的脚步已经起跑

中国必须加快步伐方能迎头赶上

打开国门，迎进三月的春风

以改革开放的博大胸襟，领跑世界的赛场

一页沉重的历史被轻轻翻过

港澳游子终于回归到母亲的身旁

在庄严升起的五星红旗上

聚集起了十四亿扬眉吐气的目光

新时代的列车已发出轰隆隆的声响

伟大的中国梦张开了奋飞的翅膀

一张宏伟蓝图正全面展开

人民汇聚起来的脚步更加坚定铿锵

世界舞台的聚光灯已投向中国

东方才是太阳升起的地方

只有伟大的党才能领导全国人民

打赢一场又一场史无前例的硬仗与恶仗

一个具有雄韬伟略的大党

一个拥有百年辉煌的大党

在风云变幻的人类命运面前

贡献中国智慧，提供中国方案

再次展示出一副勇于担当的大国形象

只有党做主心骨，人民才能挺直脊梁

百年锤炼，无尽沧桑

风雨百年，铸就辉煌

中国共产党必将带领社会主义的中国

从胜利走向新的胜利，由辉煌开创更大的辉煌

新时代的号角（朗诵诗）

当春风掀开历史新的华章

当新时代的号角在大江南北嘹亮吹响

当澎湃的黄海托起一轮崭新的太阳

东北大地，辽东半岛，滨城大连

阵阵催人奋进的涛声正在胸膛里激荡

当年，作为共和国的长子

辽宁曾用汗水把新中国的大厦擦亮

大连，以特有的力量做支撑

助力新中国挺直了钢铁的脊梁

奔跑中的大连，脚步不曾有一刻停歇

轰鸣的马达声日夜在这片土地上奏响

重振东北老工业基地的长卷蓝图

汇聚起了千千万万人奋进的力量

多少盏渴望全面振兴的星火在心头燃亮

在重振东北雄风的这一张大棋盘里

大连这座引领航向的灯塔

肩头上担负着格外沉重的分量

解冻的大地，涨潮的海洋

正在迎来四面八方赞许的目光

胸怀全局的新时代领袖

时刻把东北和大连的振兴挂记在心上

他以高瞻远瞩的深邃眼光

为东北，更是为大连的未来

指明了一条前程光明的发展方向

将大连建成"产业结构优化的先导区"

和"经济社会发展的先行区"

这是总书记对大连人民寄予的殷殷期望

从这一天起，高高闪亮的灯塔

让这里的每一片海水都变得热血沸腾

每一座青山都肩负起了千钧重的责任

面对新时代的这一场开卷大考

面对 745 万人民期待的目光

我们怎能不殚精竭虑、开拓创新

起步就是冲刺，开局即是决战

只有把"两先区"的宏伟目标

像钉子一样牢牢钉在这片土地上

大连，才能在曙光中展现出一副崭新的模样

集体的智慧中，总是蕴藏着无穷的力量

以旗帜的方向达成一座城市的共识

齐心协力，盯着短板补短板

勇于创新，找准弱项强弱项

每个人的肩上都压着沉甸甸的担子

每一台机器都开足马力，把劳动的号子唱响

大连，唯一的选项就是奋发进取

在不断自我超越中，重铸新的辉煌

荣誉的花朵必须用汗水才能浇开

一顶又一顶亮丽的光环正向我们接踵而来

全国文明城"六连冠"刚刚摘取

"大美之城"又在央视舞台盛装亮相

突发的疫情带来一次次严峻考验

大连人民交出了一份"大连实践"的优异答卷

这些，只是大连腾飞的一个缩影

在东北全面振兴的竞跑赛道上

大连，勇当排头兵与领头羊

前进的压力恰恰是上升的动力

善于在困难的顽石上磨刀的人

剑锋指处，才能砥砺前行迎来灿烂的阳光

745万颗红心紧紧拥抱在一起

凝聚成战胜一切艰难险阻的宏伟力量

将实体产业经济链不断延伸

把老字号、原字号、新字号的招牌

在提升、开发与壮大中，每一块都精心擦亮

展望未来，我们的心中怎能不充满自豪与希望

前进的道路上，纵然仍有险阻与坎坷

也绝压不弯大连人民的信心与脊梁

中国共产党的百年历史响亮地告诉我们

只有在党的正确领导下

中国特色社会主义的伟大事业才会不断取得胜利

大连的脚步，紧紧跟随祖国前进的步伐

也必将以铿锵的步伐，与伟大祖国一道

走向更加的强大，迎来又一个百年的辉煌

第四辑

蓝色海风

大连的脚步（组诗）

在跨海大桥上望月

今夜的月亮是属于大连的

无论它爬上山顶，还是跃出海面

都会让每一双仰望的眼睛

在月光下，举起两颗闪烁的明珠

大连的月亮，在一幅辽阔的画卷中

是最引人入胜的部分

它选择在恰到好处的高度上悬停

为大地镀上一层朦胧的月色

一道蜿蜒的霓虹大桥，以行书的笔势

写下了今夜大连波涛汹涌的心情

爱美的大连人，最会创造出新的美景

把一轮圆月镶在翠绿的山顶上

装载到巨轮般的海岛上

高挂在扬帆启航的桅杆上

大连仿佛与这颗最大的月亮，签订了

永不离弃的相爱盟约

而我，更愿让今夜的月亮作证

看一座城市正以披星戴月的速度起跑

以形势逼人、时不我待的雄心

绘制一张奔向 2049 年的宏伟蓝图

是的，大连人已决心花上几十年的工夫

层层着色、添彩，直到让世界的目光

在它面前驻留、惊叹，而不愿离去

在大连商品交易所读书

登上大商所的四十九楼，打开一本书

风一吹，书页就会像叶子一样

哗啦啦地议论开来

一棵经济大树放眼世界的高度

我把书架上的一本《诗刊》轻轻卷起

做成一支单筒望远镜

向着大商所年轻的历史探望

忽然发现，每一行脚印都是一句诗行

每一棵勤劳的树上，都结满了果实

辽阔的星海湾就在窗前

无论我把书本以怎样的姿态打开

它都像两页被风鼓满的白帆

为乘势前行的航船，高调地助力

远航，注定是船的宿命

每一本厚厚的书，就是一艘知识的航船

船舱里载满了迷人的梦想

被如此多的精神食粮涵养的大商所

用积蓄下的巨大力量，会使

自己的航程越来越远

一缕咖啡的香气沁入肺腑

我屏住呼吸，对四壁的书山仔细打量

一个能够坐拥书城的人，心里怎能

不装着千军万马，十万里江山

地铁的风

一听到风，城市奔跑的脚步

就会由远而近，继而又会由近而远

同乘一趟车的各个目的地

每天都在这里汇成一条温馨的河流

人们心跳的频率已趋于相同

眼睛与眼睛，一路上都在有节奏地说话

偶尔，也会递过一个微笑

把自己的座位让给更需要照顾的人

在地铁出站口，人们更像一个鱼群

行色匆匆地游向生活的海洋

每一张洒满阳光的脸上

通过放行闸门时，都报以友好的微笑

只有那张起床更早的报纸

一天保持着一字不变的认真表情

人们风一样地来，又风一样地去

车窗外的灯花一闪而过

耳边的风声悄悄告诉我：乘上地铁

你就是一个准时、守诺的人

长高的大连

每个月，我都想到大连转一转

看看哪一栋高楼快要竣工

瞧瞧哪一座大厦又要破土

天天都在长高的大连啊

像一片茁壮的树林

劲头十足地直往上蹿

站在胜利广场，向东看

我把回忆的目光又一次拉远

当年，第一场春风吹来

一座红色的大厦最先拱出了笋尖

它要让"九州"宾朋都看到

大连，已憋足了劲儿

去拥抱头顶上那片蔚蓝的天

那张黑白照片上

高楼的树林还没有显现

最高的楼顶

也刚刚攀上三岁女儿的嫩肩

如今，已是二十岁的大姑娘了

她正挽着我的手臂，一起

把景仰的心情和目光

献给直插云端的大连

长高的大连啊

把我记忆中的模样彻底改变

一手牵着长高的女儿

一手牵着长高的大连

此刻，我在欣赏一幅最和谐的画面——

胜利广场正以胜利者的喜悦

向节节长高的大连，献上了一个

最美丽的花篮！

大连的立交桥

为使纵横交错的道路

不再打成"死结"

为让城市涌流的动脉

永远畅通无阻——

一座座形态各异的立交桥

舒展开身躯，以曲缓曼妙的舞姿

把大连的交通，演绎成了

一门疏导的艺术

高空行驶的汽车

仿佛品尝到了插翅的欢欣

鸟瞰桥下，车轮汇成的河流

正一浪高过一浪地奔腾向前

高高的立交桥，把城市弓起的腰身

装点成了一道亮丽的风景

充满自信的立交桥，从不回避

高峰时期交通拥挤的矛盾——

一座城市的脚步，决不会停滞不前

在车流汇成的大河面前

决不能绕圈子，更不会气馁而走回头路

大连人喜欢立交桥

更是喜欢欣赏它寓意深刻的个性

在立交桥下避雨的时候

我曾仔细打量过，每一个桥墩的坚实形象

心中便有一种向上的力量悄悄增长

我扪心默默自问：

如果，我也能长成一个桥墩

应该以怎样稳健的姿态，挺举起

一座国际大都市的重托

又该以怎样的信心与自豪

肩负起共和国首都赋予我的

一份沉甸甸的重托

大连的立交桥

让走进这座城市的人们

把欣赏与敬佩的目光，一次次抬高

也让道路与道路间的相互冲撞

演绎成了一曲最和谐的变奏

奔跑吧，大连！

—— 献给三十一岁的"大马"

三十一年前，在美丽的大连

降生了一个让世界为之欢呼的孩子

他一出生，奔跑的耐力就好

一口气竟跑出了 42.195 公里

从此，人们都亲切地把他叫作"大马"

每年五月，大连就会迎来一个奔跑的节日

这一天，"大马"总是以潇洒的身姿

聚集起全世界的目光

几万名不同肤色的奔跑者

从四面八方一起奔向大连

汇成一条多彩的河流

欢声笑语的浪花，从门前涌过

怎能不让七百万父老乡亲热血沸腾

从那一刻起，"大马"就从不肯停歇奔跑的脚步

蓝眼睛黑眼睛黄眼睛们都看在了眼里

天空在奔跑中变得更加湛蓝

道路在奔跑中渐渐变宽

高楼大厦在奔跑中日夜长高

广场在奔跑中更加辽阔

大连制造的"大船"在奔跑中缓缓下水……

大连，已养成奔跑的习惯

即使很累，也决不放缓前进的脚步

大连人心里知道，只有奋力奔跑

才能将雾霾的日子甩在身后

山顶上的乌云，才不会遮住远眺的双眼

勤劳的人民，才能从奋斗中品味出喜悦与甘甜

散步的孩子和老人，才能走得从容、安详

开在人们心头的花朵，才不会一边绽放

一边还要担心一场寒霜的降临

当奔跑已成为一座城市的姿态

无论年轻的"大马"踏过哪一条马路

或双脚踩出两行怎样盛开的浪花

大连的五月，都会给远道而来的友好宾朋

还有深爱家乡的兄弟姐妹

双手捧出一杯"大连牌"的浓郁槐香

让汗水永远牢牢地记住

在这座最善于领跑的海滨城市里

每一个充满自豪的人，都在默默地用爱心

酿制一种令人难忘的美妙回忆

奔跑者

从马拉松的起点到终点

恰如在生命中

选取了一段最美丽的风景

奔跑给全世界看

在万物盛长的季节

所有的懒惰，或停滞不前

都是五月的耻辱

唯有你追我赶，才能汇成一条

生动的多彩河流

也只有在奔跑中

我们才能成为同路人

互致一个微笑，让陌生人的表情

盛开成友谊的花朵

当奔跑已成为一种习惯

汗水，便不再会被误解成表演

每一粒飞向身后的汗珠

落在马路上，都会留下一朵

人生中闪亮的花瓣

大连地图

我习惯以纸质的眼光

打量一座城市的熟悉与陌生

像形容一个俊俏的姑娘

喜欢赞叹，她的女大十八变

买一张地图，就像捧起一面镜子

不仅照见岁月的影子

还立体般地映现出了一座城市

天天逆生长的容颜——

楼群越长越高，天空越擦越蓝

从记忆深处打捞出一条老街

抚摸它百年不变的名字

我忽然像个外地人，对着地图徘徊

却怎么也找不回，女儿四岁时

穿塑料凉鞋照片上的那幅褪色背景

这是一张 2021 年最新版的城市地图

仿佛到处都在破土拱出春笋般的名字

我提醒自己，要尽快记住它们

并把走在老路上的目光，从地图上抬起

加快脚步，去追赶上奔跑的生活

大连的老电车

老电车守了一辈子的规矩

在这个花花世界里穿行

却不曾闪过

一次想出轨的念头

那些被抱着背着长大的人们

和这座城市一样，越活越年轻

这让老电车常把眼前的小孙女儿

当作年轻时的老奶奶

老电车把一条铁定走到底的老路

犁成了一条幽深的峡谷

山一样高耸的楼群，把肥大的天空

裁剪出一条瘦巷

大街上鱼群般游动的人们，彬彬有礼

纷纷向一行继往开来的火花让路

不得不承认，老电车真的老了

已赶不上时代快节奏的脚步

但没人嫌弃它，也不会偷偷把它拆掉

老电车像一位饱经沧桑的老人

被这座浪漫而时尚的城市

在最繁华的地段，一直恭恭敬敬地孝敬

城市的味道

只有在大连，才能让爱过的人

脱口说出一座城市的味道

一场五月的香雪

漫过大街小巷，把城市迷人的体香

挂满了槐林的枝头

沐浴在槐香里的人们

都是一只只远道而来的蜜蜂

目光，在花蕊里吻来吻去的样子

像极了我一位久别的亲人

相思无泪，只有一嘟噜一嘟噜的心事要说

在五月，请不要再对一棵槐树打哑语

把憋足了一年的话说出来、唱出来

甚至大声地喊出来——

没有人会笑话你！而故作冷漠

才是让回暖的五月，最看不起的虚伪

回乡的人，选择在五月吧

你循着香气而来，数着槐花而来

我都会在那棵老槐树下

像深扎的树根一样，一往情深地等你

五月，大连的情槐

—— 献给第二十九届大连赏槐会

五月，在大连的大街小巷

你都能闻到扑鼻而来的醉人槐香

就连一群飞过大连上空的鸽子

都再也不能轻易地抖落

浸透在羽毛里的浓郁香气

五月，大连注定又要迎来

一个弥漫着槐花香味的节日

一群又一群从外地赶来的蜜蜂

把大连团团围住——

它们仿佛在交口称赞，这才是一座

最会酿造甜蜜的城市

从心底里喜欢上槐花的大连

总爱把生活中的许多细节

都打扮成槐花的样子

甚至，还要精心制作一场槐花的盛宴

让品尝过的人，多少年后

一提到大连，仍旧会口有余香

在五月，如果你倚在一棵老槐树下

大声地喊出"槐花"的名字

许多妩媚的花瓣就会纷纷转过头来

像下起了一场槐花雨

把你心头甜蜜的渴望，从头至尾地淋湿

长海号子

帆船的身影在大海上踏浪而行

像一朵朵远逝的白云

渐渐消失在了长海人视线的尽头

而一种古老的声音

仿佛在海岸的耳畔

将记忆的音量不断调得愈加洪亮

这就是长海号子不息的呼唤

它们像扑上岸来的浪花

一排接着一排，把大海人的心声

以最简洁、有力的节奏

从孤独而宽厚的胸膛里大声喊出

迎来一个又一个崭新的黎明

一代又一代与命运抗争的长海人

无法禁得住大海诱人的召唤

这些注定一生要在浪尖上颠簸的生命

把一种最有力量的声音

和内心的渴望与憧憬，共同演绎成了

一曲又一曲比海风传得更远的音乐

每一个高喊号子的人

内心里都装着一片更辽阔的大海

尽管海岛像一群抛锚的渔船

无法抵达向往的彼岸

而号子，却是一群长翅膀的海鸟

驮着海岛的期盼，日夜飞向远方

嘹亮的号子是长海的一张名片

在大海面前，为长海赢得了无比的尊严

无论是与风浪抗争

还是将满载的船只停靠在宁静的港湾

人们只需听一曲长海号子

就会知道，这才是一群最心齐的汉子

如今，轰鸣的马达声在碧海驰骋

风帆也藏匿起了孤寂的身影

但一支支打捞起来的长海号子

并没像石头一样变成沉入海底的绝唱

它们依然飞翔在大海之上

只要有人大声领唱，万顷波涛就会应和

所有的海鸟和浪花，就会激动地振翅起飞

烟花漫城

这几天，每一个大连人的心里

都在燃放烟花

无论是星海湾大桥

还是金普的小窑湾，甘井子和旅顺口

口口相传的绚丽礼花

在大街小巷的想象中，风一样盛开

一场烟花的盛大晚宴

已高高吊起了一座城市的胃口

每一双审美的眼睛

都提前端坐在节日的评委席上

等待为每一朵闪亮登场的花朵打分

烟花，是最能让目光聚焦的花朵

也是让人与人心贴心的使者

成千上万的陌生人

在漫城烟花的照耀下，一夜之间

都成了共爱一座城的亲人

我要为这样的夜晚祈福

愿每一张笑脸，如烟花般灿烂

愿每一位老人，都有年轻的手臂搀扶

大手和小手相牵，彼此不担心走失

目光与目光，在夜空里相互谦让

走在广场和马路上的脚步，不要互相拥挤

在这个张灯结彩的元宵之夜

我还要祈愿所有相爱的人

肩与肩靠得更近一些

让二十分钟盛开的烟花

在散步回家的浪漫路上，一朵一朵

移植到心头，直到像鲜花一样

铺满未来的人生之路

大连烟花

比昙花绽放得更短暂的花朵

才被人们叫作烟花

每一束盛开的烟花，只需莞尔一笑

就会让成千上万的人，齐声欢呼

无数双一眨不眨仰望夜空的眼睛

都难以数清

这些凌空舒展的艳丽花瓣

今夜，每一朵烟花都是一位魔术大师

让人猜不出，下一秒钟的惊喜谜底

烟花更是一门让人回味的艺术

哪一朵心仪的花朵

才是你心中渴盼已久的情人

只有回放，那一闪而过的脉脉眼神

才能辨识出，它心底的激情与羞涩

哦，大连烟花

请原谅我只想远距离地欣赏你

就像今夜皎洁的月光

虽不热烈，却满眼饱含着深切的情意

我们一起走

在一座城市

众多的人，喜欢一起走步

而成为同路人

是这个五月，赋予生活的一份

最美好的象征

只要敢于出发

目标，就会越来越近

无论到达终点时谁先谁后

每个人都有资格，面对镜头

高举起胜利的手势

如果，仔细观察

你将发现，步子迈得越大

一撇一捺的两腿

就会把一个大写的人字

书写得越潇洒、漂亮

我们一起走步

更是在完成一份心灵的契约

在世界面前，共同展现出

一座城市前行的姿态

今夜，大连离梦想最近

把百年的风雨沧桑，用激光的画笔

勾勒出一幅幅记忆的图画

从每一幅画面上，人们都能寻找到

一座城市，曾用汗水和泪水浸透过的印记

今夜，让海鸥展开岁月的翅膀

鸟瞰大连的老电车、百年灯塔和跨海大桥

并与这座年轻而充满活力的城市

共同上演一场高空的舞蹈

从此，在大连的夜空，将留下向梦想奔跑的声音

如果，仅用二十分钟的短暂时间

讲述一个长达百年的曲折故事

只有借用激光的快速手臂，才能把

沉睡在海底的铁甲舰，与昂首启航的航母拉近

让它们彼此打量，并深刻体悟

镌刻在各自身上的时代痕迹

看吧，从激光炫幻的光影里走来的大连

也正从一张宏伟蓝图上走来——

它正以更加生动的舞姿，倾情演绎着

一个崭新思想自信而坚定的脚步

并以五彩缤纷的语言，告诉热爱生活的人们

今夜，我们离一个伟大梦想最近

这里是凌晨四点的大连

这里是凌晨四点的大连

走累了的太阳还没有醒来

忙碌的身影都穿着一件灯光的迷彩

劳动者的脚步总是最早

开放的窗棂已被静静地推开

这里是凌晨四点的大连

节日的美味刚刚打捞出海

扫帚耐心劝走了昨夜的喧闹与尘埃

车轮的脚尖已悄悄转动

他们正在装扮新日子的风采

这里是凌晨四点的大连

起伏的楼群浪涛一样澎湃

灯塔点亮爱心敞开大海宽广的胸怀

热血在脉管里激情奔涌

城市的命运只有靠勤劳主宰

这里是凌晨四点的大连

星星最能读懂他们的豪迈

冷漠和抱怨是前进路上最大的雾霾

谁不曾流过汗水或泪水

请不要轻易表白心中的挚爱

致敬《星海》

——贺《大连日报》创刊 75 周年

只有在北方的大连

才会拥有一片这样的海

它清澈、深邃、辽阔、包容

并以博大的胸怀

收留白帆、云朵和日月星辰

它更像一面真诚的镜子

把每一双高飞或低翔的翅膀

都默默地描绘在心里

让那些从这里飞过的羽翼

每每回望，都会对这片迷人的海

发出最纯粹的赞美

鱼群从四面八方向这里聚来

它们在不停地寻找

那一座闪烁着诗意眼神的灯塔

无论大鱼，还是小鱼

都不再担心，从这里出发

会有分秒迷失前进的方向

这片海，不仅能托起心向远方的巨轮

也能扶稳风浪里摇曳的帆船

每当狂风恶浪袭来的时候

蜿蜒的海湾就是一双大爱的臂弯

将每一颗飘摇的心，锤炼成

一只最有定力的锚

这是一片吉祥的大海

没有倾覆的灾难，没有搁浅的惊险

更没有浪花用微笑掩起的礁石

只要翅膀有足够的力气

只要肯用汗水做燃料开足马力

这里，就会馈赠你一片崭新的天地

每当我翻阅星海上的浪花

都要禁不住回想起当年的自己

那时，笔尖刚刚蹒跚学步

脚印还走得歪歪扭扭

几十年过去了，这片海依旧年轻

日夜奔涌，涛声不息

仿佛在一遍遍复读，我起伏的心潮

第五辑

榜样力量

梦寻焦裕禄（长诗）

一

又梦见了您，焦书记

兰考沙丘上的泡桐叶哗啦啦地鼓掌

仿佛欢迎您又回到战斗的地方

您沙哑的歌声在叶片间回荡

那是兰考人年年长高的精神力量

您站在沙丘上凝神眺望

黄沙试图迷乱您前进的方向

治沙就是治穷，大风刮跑的不光是沙子

还有早已一盘散沙的人心

如今的泡桐站在沙岭

像抗击风沙的顽强战士

挺直腰杆，模仿您的身影

头顶一团茂盛的绿

把兰考人心头的阴郁擦亮

二

又梦见了您，焦书记

您的肩上挑着"两头"困难

抗旱后的嘴唇刚刚湿润

就被一场罕见的大雨呛得喘不过气

您和玉米站在汪洋中

眼看着秋后的好日子将要泡汤

在排涝的战斗中，您最清醒

战胜洪水要靠疏导艺术

您先扶起一些干部歪倒的信心

再和老百姓一起，喊着号子

挖出一条不让日子堵心的长渠

您仿佛掐腰站在水渠旁

又在思考堵与疏的辩证关系

民意是看不见的洪流

只有因势利导，才能汇成一条

团结向前的滔滔大河

三

又梦见了您，焦书记

您一人走在衰草丛生的盐碱地里

心比龟裂的地缝还要疼痛

面对白蒙蒙的土地

您多么期望，它们能和绿油油的庄稼

变成一门最近的亲戚

您终于找到了治理盐碱的秘方

那就是对这片土地舍得洒下汗水

您滴下的每一粒汗珠

都让盐碱田留下记忆深刻的小坑儿

兰考人不再"旱了给人家熬碱"

谷穗已对这片土地产生了很深的感情

每到秋天，那些成熟的思想

总是大面积陷入对过去季节的沉思

四

又梦见了您，焦书记

面对孩子们眼巴巴地对白馍的渴望

作为父亲，您心里多么不是滋味

可想想那些还吃不上窝头的人们

您用党性的锁头，锁住了搞特殊的后门

您的大女儿已长到了大人的身材

可仍穿着那件捉襟见肘的外套

同学们的哂笑把孩子的自尊心刺得很疼

您却耐心地说，一棵小苗

只有热爱阳光雨露才能长高

您的自行车每天总是很累

每次下乡，都会驮回一身泥土

当您掸下身上泥土的时候

总是在想，怎样才能掸掉兰考身上

那层比尘土还厚的贫穷

五

又梦见了您，焦书记

您冬天一直穿在身上的那件黑棉袄

还有那只心事重重的手提包

那本时刻把百姓冷暖记在心上的笔记本

——简简单单地勾勒出您的形象

让兰考人民，一下子就认出了

和街坊邻居大哥一样熟悉的书记

因营养不良，大批干部的身体开始告警

饥饿的现实，却制造出浮肿的假象

当您做出买粮抢救干部的决定时

一柄冷笑的短剑，刺向您正直的脊梁

您是喜欢把心底打扫干净的人

无论阴天还是黑夜

您的目光就是心中射出的阳光

不论谁使什么绊子，都阻挡不住

选择了前进方向的脚尖

六

又梦见了您，焦书记

兰考一直怀揣着绿色的梦想

让每一棵幼苗都拉起手来

站成一道未来的绿墙

可打开梦想之门需要钥匙

林业技术，在您的心头被点燃光芒

您的脚步追不上远去的火车

可一捧兰考的土，让一颗远离的心

沉重得走不动路

当一个年轻人决定把青春留下时

也便留下了自己的命运

您终于可以看到满目绿荫了

还看到了面黄肌瘦的兰考人脸上

渐渐浮现的一丝红晕

您坐在那把老藤椅上继续绘制蓝图

欣慰中却感到一丝隐隐的疼

七

又梦见了您，焦书记

您总是被肝疼逼出一头冷汗

却继续为生命的时钟上紧发条

直到搪瓷茶缸再也无法替您抵住病情

死神已悄然叩响了您生命的门环

躺在病床上的您日渐消瘦

心却和兰考大地拥抱得更紧

1964 年 5 月 14 日，您以一棵泡桐的身份

加入了沙岭上那片绿色的树林

兰考人民把手工绣制的国旗

自发地挂在自家院子里的旗杆上

他们以降半旗的深深敬爱

表达着比泪水更绵长的怀念

八

又梦见了您，焦书记

当我读到那首写给您的《念奴娇》时

已悄悄把一句话刻进心底

"百姓谁不爱好官？把泪焦桐成雨。"

官，不论做到几品

能让老百姓说出一个"好"字

就是为他建造一座最高的丰碑

我们相别已经五十一年

这是婴儿变成中年人的数字

是一个人应该找到自己的年纪

我默数着您四十二圈完美的年轮

却发现自己的许多人生缺憾

梦里梦外，时光穿梭

让我有时会感到一种扑朔迷离

新的太阳已再冉冉升起

正如您绵绵的祝福，洒遍大地

为什么每次我们只能在梦里相见

焦书记啊，如今

您——在——哪——里？

你留下，那里就会四季如春

—— 致雷锋

五十六年前

我用呱呱坠地的第一声哭喊

为你送行

听说，那一年的春天

雷声特别伤感

在一阵阵哀叹声中，落下了

好几场动情的春雨

那些浓墨重彩的题词

是我最早欣赏到的书法作品

他们的笔迹清新如初，仿佛一直墨迹未干

只用一句最朴素的赞美

就把你二十二岁的年轻生命

书写成了，一种永远不老的精神

你的每一篇日记

都是我小时候最爱听的生动故事

课堂上，跟着老师每朗读一遍

眼里就会不知不觉噙满泪水

那时，你身上洗得发白的绿军装

就是我心目中，一个好人最醒目的标志

只有你，才能让现在的小朋友

与爸爸妈妈，甚至和爷爷奶奶一起

共同称为"雷锋叔叔"

而你依然只是微笑，蹲在一尊雕像里

继续埋头擦拭那辆领跑时代的汽车

每年三月，春风都会吹来

人们期盼你，别像每年一次的探亲那样

匆匆归来，又匆匆离去

在祖国的大江南北

无论城市还是乡村

只要你留下来，那里就会四季如春

向心的方向出发

—— 致郭明义

从一种精神的站台出发

走向人心的深处

是你人生中最坚定的选择

像一枚朴素的石子

在生活的浪花中下沉

直到把自己的心

踏实地安放在坚实的大地上

一个酷爱写诗的年轻人

一旦穿上了军装

心中迸射出的青春与激情

就会像子弹一样

画出一道理想主义的闪亮轨迹

使方向与目标，达成高度的默契与统一

一个把出发当成目的的人

一路上，时刻只会把别人放在心上

无论在军营，还是矿山

你都喜欢对着一面心形的镜子

开心地微笑，悄悄奖赏自己

朴素而温暖的一言一行

每一滴情绪饱满的鲜血

都会让另一滴深受感动

每当它从你的血管里奔涌而出

输进另一个人的血管时

一个打蔫了的生命

就会被一种巨大的力量唤醒

并重新蓬勃生长起来

只有自私才是世上最大的贫穷

你习惯把一分钱掰成两半

一半用来养活自己

另一半无私地捐助给别人

那些缓过苗来的花朵与小树

使你的心情，纵然仍旧住在小房子里

也会感到越来越变得敞亮

我曾面对面听过你诵诗、唱歌

你的音色，竟然和工装是同样的底色

被泥水和汗渍染久了的布纹

已找不到半句如初的亮丽

唯有吼一般的洪亮，才能刹那间

覆盖住所有的讥讽与窃窃私语

你那一双比铺路石子更粗糙的手

第一次与我紧紧相握时

曾把我心中的疑虑硌得生疼

而你每天都在起早铺路

直到遍布大江南北的爱心团队

沿着这条石子土路，渐渐汇聚成了

一支又一支浩荡的大军

焦裕禄在大连

从中原洛阳矿山机器厂

来到东北一望无际的大海边

黄土地和碧海绿波之间的色差

被你身上的那套灰工装

调和过渡得格外自然而均匀

在大连，二十二个月的打桩与浇铸

是你人生中打牢根基的最短工期

无论技术还是思想

从此都可以自信地支撑起一座

高高耸立的理想大厦

你不肯手捧茶杯坐在办公室里

指挥车间火热的生产

一天以二十多里路的奔波

走遍车间的每一台机器和角落

把每一项技术革新的堡垒

逐个摸清，再一个个攻破

一个把行李搬到车间的车间主任

身上沾的油渍比工人还多

你说，我是来工作的，不是来做客

于是，带头抡起十五公斤重的大锤

砸向一个又一个顽固的困难

直到把自己的膀子，震得一阵阵发酸

就这样，一粒精神的种子

悄悄在激情的青春里发芽、长高

直到后来，长成了一棵

兰考大地上茁壮的泡桐，经受住了

风沙与风雨的双重考验

"中国保尔"吴运铎

你身上的二百多处伤疤

记载着一生中最惊险的经历

每一处疤痕，都闭口不谈

在死亡线上发生的一次又一次

起死回生的故事

伤疤像花朵一样开遍全身

你的身体就是一只行走的花环

每一朵，都像一颗红心

永远绽开，从不凋谢

你的左眼被炸瞎了

正好用一只右眼瞄准未来

理想的靶标，在心头不停地晃动

常使你寝食难安，夜不能寐

就连那一条受重伤的左腿

也时常一起隐隐作痛

你用炸断的四根手指

做射向敌人子弹的模具

每年以六十万发的产量

为前线输送消灭敌人的本钱

使战士们的子弹袋里

不再充填虚张声势的高粱秆

但你更钟爱的职业是当一位作家

用自己锋利的笔尖

制造出无数颗爱憎分明的子弹

一梭子又一梭子地扫向

反动派黑暗与丑恶的灵魂

你那本被译成多国文字的自传体小说

风靡中国，也影响着世界

它让人很容易联想到另一位英雄

而把你称作"中国保尔"

与温比亚之战

—— 献给中船重工第七六〇研究所
抗灾抢险英雄群体

你是一个制造恶作剧的高手

没有剧本，也未经导演

就突然上演了一场，让所有大连人

都异常震惊的滔天巨浪

探向海里的三百米试验码头

像一条瘦长的胳膊

已禁不住狂风和巨浪的合力夹击

而固定试验平台的缆桩正在扭曲、断裂

缆绳脱落，继之而来的将是——

平台失控、损毁、倾覆、沉没

和平台保障人员的伤亡

更为悲壮的画面，正一幕幕拉开

在接踵而至的恶浪狞笑声中

十七位迎着死神逆袭的勇士

为保住七六〇所的这一个命根子

在与温比亚的遭遇战中

唯有选择狭路相逢的拼命一搏

紧急对平台进行加固作业

也许是唯一的正确选择

山一样的浪峰，在设置一道道障碍

企图把冲锋抢险的人们

像蚂蚁一样一巴掌全部打入海里

的确，温比亚的超强魔力

大大超出了人们的想象

它轻而易举，就把三位冲锋的勇士

赶入了汹涌的大海

并企图再用一个恶狠狠的巨浪

将他们永远葬身于海底

所有的恶战，都不会经过预演

而胜利，又总是以牺牲生命作为代价

国家重点试验平台保住了

平台保障人员的生命保住了

而三位被巨浪卷走的勇士

不幸却成了恶魔温比亚的战利品

这是 2018 年 8 月 20 日的上午

七六〇所的历史会永远记住

黄群、宋月才、姜开斌三位英雄的名字

他们将以三颗最坚固的缆桩形象

牢牢钉在军工事业的堤坝上

每天，目送祖国的航母雄壮出海

翘迎凯旋的编队平安返航

我们一起飞翔（长诗）

——献给罗阳同志

一

我的泪水，已不能

将死神的铁石心肠稍稍泡软

我的哽咽，也不能

将你从极度疲惫的沉睡中轻轻唤醒

你这位年长我两岁的兄长

与我还不曾谋面，就匆匆转身

使我们成了永别的朋友

今天，我怀揣着满腔的感激把你看望

想亲口对你说出

一位来自蓝天的飞行者由衷的敬仰

是你，为我插上高飞的翅膀

让钢铁和信念焊接得更紧

让我用翼尖，把祖国的领空擦得更亮

你带队设计、制造的每一架飞机

翅膀都是那样的有力而坚韧

责任与力量，在天空翱翔

我的生命里，曾有过三千多小时的飞翔

分分秒秒，都连接着航空人牵挂的目光

为了让我和战友们飞得放心

也为让我们扛起蓝天神圣的重量

你把自己的心，一次次累得喘不过气来

当你的梦想在辽宁舰上刚刚着舰成功

掌声和鲜花还没来得及尽情响起、绽放

这个历史的时刻，突然就在人们的目光里凝固了

你竟匆匆化作一颗沉默的流星

在碧海蓝天间，溅起一片长长的惋惜⋯⋯

二

你是一个只做不说的人

每次，在成绩和荣誉的闪光灯面前

总是害羞地躲在后排的边缘

而你身后那一支最具战斗力的团队

默默拼搏在科技战场的最前沿

让航空高地，一次又一次

向祖国，传递来振奋人心的捷报

你常把目光向内转，盯住每一颗螺钉

让战鹰身上的几十万个零件

相互默契地配合，形成一双自如的手掌

牢牢抓住飞翔的意义

责任和胸怀，新型号战机的内在结构

保证每次都顺利地起飞、平安地返航

你是个心细如发的人，眼睛习惯把细节放大

透过镜片后那两道专注的目光

人们体会到每一个细节，在你心中的分量

作为航空人，你一手托起国家的财产

一手托起飞行员兄弟的生命安全

这巨大的压力，把你锻压、铸造成了

一个从不喜欢空谈的实在人

你的目光时刻不忘把世界打量

敏锐地捕捉，世界航空舞台上

每一次挑战性的闪亮登场

只有让企业发展的轨道与世界对接

把每个人的智慧、能量锻造成一块好钢

这一支钢铁般的团队

在攻坚克难中，才能磨砺出宝剑耀眼的锋芒

你把工作时的轻松与微笑留给了别人

却把一次次飞机着舰时的巨大压力

默默留给了自己不堪重负的心脏

一个时刻把飞机质量放在心上的人

却忘却了自己身体的质量

一次次推迟体检、治疗，一次次带病出征

才一次次换来，新型战机升空的日子

一分一秒地稳妥提前……

三

心潮澎湃的大海，用一簇簇浪花

打湿了航母伟岸的身躯

战机从蓝天上，昂首挺胸地缓缓下降

你的心，却被一寸寸地向上提升

当谨慎的尾钩，与拦阻钢索牵手的一瞬

你高悬着的心，仿佛也在冥冥之中

渴望被巨大的航母永久地收留

从战机着舰，到停止前冲

这段被称为"死亡十二秒"的短暂行程

在你的脑海里却攀登了很久

你在为"刀尖上的舞者"编舞

却把自己的心脏，一次次挑在刀尖上

以舍我其谁的无畏气概，大胆尝试

一门捍卫国家尊严的艺术

你没来得及华丽转身，却匆匆完成了

人生最惊险的谢幕

"航空报国"绝不是一句轻飘飘的空话

用生死做赌注的"对抗"，才是航空的真正名字

面对太平洋上涌起的不太平的恶浪

你的心揪得比攥紧的拳头更紧——

"我们的任务是政治任务，

与国家命运息息相关！"

这样的信念，在你的血管里流淌了三十年

化作了歼-8 和歼-15 的一次次长空亮剑

当战鹰归巢般降落在辽宁舰的甲板上

你的身影像一条跑道，静静地倒下

望着上翘的舰首，人们终于明白——

一个大写的人生，与祖国的安危，已构成了

相互支撑、依存的紧密关系

而更多不为人知的惊险故事

都被你深深地埋在心底

型号、任务、试飞、研发……

这些常挂在你嘴边的术语

每一个朴素的词汇里，都蕴藏着一个

赤诚的心——

对祖国的热爱

四

这是一个集体追忆的下午

你在黑相框里面对大家微笑

人们用泪水在追回迷失的良知和信念

物欲横流中，只有永不随波逐流的人

才能在心里，牢牢守住自己

同事说，你是一个好人

所谓好人，就是每次把自己的利益

都默默地排在别人后边的人

你家那间窄窄的客厅，让几个惊诧的战友

泪流满面地转不过身来

而贴在窗缝上的防冷胶带，也让你的家人

从不肯吐露出半句麻烦别人的话

一个没有架子的人，往往骨骼最硬

你充满钙质的精神力量

使自己的人格形象，始终站立得堂堂正正

你是几个角色的完美结合者

"阳光的心态，魅力的人格，责任的人生"

是你的人生理念，也必将是我的人生航标

我们选择了祖国，祖国才选择了我们

这是蓝天与大地共同的自豪，也是我们

书写人生答卷的最好考场

告别蓝天的我，今天，又重新插上了翅膀

罗阳，我敬爱的兄长，就让我们一起飞翔

我将飞翔在你的梦想里，飞翔在你未实现的理想中

这一条崭新的航线，深深刻画在

我的生命里，不断向高远延伸

向着太阳的方向延伸

飞翔的中国（组诗）

—— 致敬罗阳同志

起飞线

霞光中，一架昂首挺胸的战机

在人们的视线里，被幻化成你坚毅的身影

你向上推了推近视眼镜

把目光投向高远，迎着初升的太阳

将身体里蓄满的激情与信心

全部注入飞机的心脏和血管

呼啸的战机，沿着你的视线，加速奔跑……

清晨，每当目光与阳光对视

你的眼睛总是眯缝成一种新的思考

仿佛在寻找，新型战机在蓝天上的位置

没有人在意天空有多高

只有你，一次次目送起飞的战机

把蓝天的高度精心测量

战机的轰鸣声，更像是你心里的宣言

你把生命的每一个部件，都打造成

与飞机完全匹配的各种型号

机翼划向大地的剑影，就是你一生中

匆匆行走的身影

在你的目光里，不只有航空人的自豪

更充满了与世界先进技术存在差距的忧虑

落后不仅要挨打，而是要灭亡

无论是向西方看，还是向北方看

你所站立的位置，都还不是克敌的制高点

只有加速，再加速，才能使民族的尊严起飞

与世界，由仰视变作真正的平等

所有的意义，都无法用数据计算

你每次站立在起飞线上

目送新型战机一次次腾空而起

看它们用翼尖在蓝天上

书写下使命的意义，心里就会

对新一次的起飞，产生更深的理解

母亲的目光

母亲用她那双七十多岁的目光

常拉住五十一岁儿子的手

但她并不了解，就是这双手

画出的图纸和制造的飞机

能牵动全中国人的目光，一起

跟随着它自豪地飞翔

在她的眼里，阳阳只是一个

懂得孝顺的好孩子

他天天忙在工厂里，也不忘记

常来看看自己的妈

每次下班，路过母亲的门口

儿子都会默数着台阶，匆匆上楼

他怕母亲的白发和皱纹

因自己迟来一步，又会增添许多

五楼的高度，使母亲只能用目光

送儿子走出温馨的家门

她隔着窗玻璃，向儿子招手的身影

常使罗阳的脚步，暂时停顿下来

变得不再那么匆忙

一个把孝心时刻揣在怀里的人

走着走着，就把母亲的小家

走成了自己的国家，就会把心里那一颗

最纯洁的孝心，双手捧出来

奉献给，和母亲一样可爱的祖国

飞之梦

在莫斯科远郊的朱可夫机场

那架双翼向上折起的战机

曾让我惊奇的目光，停下脚步

却一下子叫不出，它霸气而英俊的名字

那艘停靠在摩尔曼斯克军港里的航母

深深刺疼了我的眼睛

目光，穿过寒冷的车窗，有些僵硬

却拉直了我心中的羡慕

那一条微微上翘的甲板跑道

虽然模糊，却比瓦西里同学的高鼻梁

显得更加骄傲

这两张从异国他乡带回来的照片
成了我爱做梦的充分理由
十年的时光里，我无数次地在梦中
飞向大海，寻找一条移动的跑道
一次次挑战驾机着舰时的惊险
又一次次昂首飞向更深的蔚蓝

2012 年 11 月 25 日，是个寻常的日子
浪花依旧洁白地绽放
鱼群在大海里品尝着明媚的阳光
当轰鸣的战机在辽宁舰上缓缓降落
这一页日历，才被世界的目光
打量出非凡的意义

这一天，我终于从梦幻飞向了现实
而那个让我梦想成真的人
下舰后，却匆匆与我永别——
在他身后，只留下一片更蓝的天空
和一片叹息的大海

我终将会飞进一个新的梦里

那是他事业的未竟之梦

我要用鹰的翅膀，丈量出，一个生命

怎样由平凡飞向了伟大，由短暂

飞向永恒

你太累了

妻子和女儿的痛哭声

再也唤不醒沉睡中的你

"罗阳，你太累了！"

妻子伏在你的灵柩上

只能用这一句最贴心的话

与你喃喃告别

妻子拍着你已被冷冻的遗体

多想找回一丝往日的温暖

但是，热泪已化不开铁一样的沉默

你这个平时最不怕压力的人

最终，还是让积累的压力给压垮了

是的，你太累了

一台高压、高温、高速旋转的发动机

多么需要停下来，稍稍歇息一会儿

可你没有多余的时间

你只能用缩短生命长度的办法

来换回新机早日升空的进度

你带队设计、制造的歼-15飞机

在每一次的大功率起飞中

都使出了全身的力气

你很心疼它们——制定出了一整套

维护、保养、检修的严格制度

而你自己身上的这台发动机

却在承受一次次飞机着舰般的冲击后

发生了意外的停车事故

你竟然还是一个背着处分带队冲锋的人

一个普通工人的一次几毫米的失误

险些酿成一架战机的折损

你痛定思痛，主动要求处分自己

从此，全厂职工把安全生产的弦绷得更紧

硬汉也有悄然落泪的时候

你是唯恐愧对了自己肩上的责任

罗阳，你真的太累了——

睡下就不再醒来

但你的脚步，却没有停止一分一秒

车间里的兄弟，正戴着白花在操作台上加班

我分明看见，在沈飞的跑道上

一架又一架新型号的战机

正昂首奔跑着，去拥抱祖国的蓝天

永远的大梨树（二首）

——致敬毛丰美同志

好日子

八山半水一分田的大梨树

曾经的身子骨很瘦弱

万亩荒山，结不出一颗致富的果子

连鱼儿也侧着身子，穿过石缝

逃向了远方

稻田里的耕牛

累死累活也喂不饱全村人

饥饿已久的穷日子

是该到换一种活法的时候了

一个比荒山上的柞树更瘦小的年轻人

下定决心换一换思路

他要为家乡的父老乡亲们

寻找一条，尽快过上好日子的道路

那就从开辟层层梯田入手

让千万棵梨树在荒山野岭上安家

它们分享共同的阳光和汗水

根须在石缝里寻找营养

肩并着肩，齐心协力走上了一条

集体经济共同致富的发展之路

转眼三十多年过去了

如今，大梨树的荒山叫果园

大梨树的干河沟叫景观带

大梨树的村舍叫洋楼

大梨树的老牛车叫小轿车

就连当年的"青年点"，也被改造成了

人们追忆往事的青春驿站

那个瘦弱的年轻人

过早地被累成了一个小老头

直到他为大梨树，像一盏油灯一样

耗尽了最后一滴热血

他微笑着走进了山上的"干字碑"里

一种精神，如火炬一样

将继续为向往好日子的人们引路

代言人

一个连领带都扎不好的纯正农民

却怀揣一颗忧国忧民的心

在最庄严的殿堂里，为民请命

每一句从心窝里掏出的话

都滚烫得让冷漠汗颜

刚与柔，从来就是一柄剑的双刃

善舞剑者，总能直抵人心

让心头激情的火苗，迅速引燃

会场内大片的迟疑与沉默

继而爆发出掌声的燎原火焰

一个专为农民讲真心话的人

永远和农民的心贴得最紧

他还是一个善选爆破点的炮手

每一次"放炮"，都让世界的镜头

刮目相看，并心头一颤

当他手里高举起一穗玉米

要为它讨回用血汗换来的身价

亿万棵玉米听到后

便露出了金灿灿的笑容

能和玉米一条心的人

土地，就会把他当作最亲的人

而那两瓶被他带到会场的污水

绝不是演戏的道具

这些污水，把农民的牙都喝黑了

他担心，离人心不远的黑水

总有一天，也会涂黑心的颜色

一个为农民代言的人走了

他身后的每一棵梨树

或每一棵玉米、大豆、高粱

都是他形影不离的同路人

它们每年都将用最饱满的果实

来纪念自己心中的恩人

领跑者（组诗）

——献给时代楷模曲建武老师

思想教科书

你是一本爱走路的思想教科书

白天黑夜离不开学生

你的话不仅被他们挂在嘴上

更被铭记在心里——

随时随地都可以向你面对面请教

学生们最爱读你父亲般的微笑

也爱读你严厉批评时的面孔

尤其是你慈爱的目光，仿佛通上了电流

与年轻人疑惑的眼神一碰

一颗心就被倏然点亮了

这本教科书还没有正式出版

它更像是受学生悄悄喜欢的手抄本

甚至靠口口相传，却已在人们心目中

创下了最高的"发行量"

这本教科书，被学生们越读越薄

就像你头顶上稀疏的白发

风一吹，就简化成了一个大写的"爱"字

微信中的营养

把学生们的思想疙瘩

从每一条微信的字里行间挑拣出来

再用二百多万字的温情慢火

一点一滴地耐心融化

不论学生思想问题的大小

都漏不过，你用情与理的经纬

编就的那只网眼细密的筛子

你把这样的劳作，称为思想政治工作

对于已被时间钙化的心结

你也从不轻言放弃，而是逐一放在

理性的石碾上反复研磨

直至转化成，学生们能接受的细腻营养

凡是吸收过这种营养长大的孩子

都长着一颗感恩的心——

他们把祖国和父母放在心上

在长成栋梁的过程中，精神永不会缺钙

听说白银

我自责小时候地理课学得不好

第一次听说，甘肃有个叫白银的地方

猜想那里一定是白银遍地

是祖国大西北最富裕的人间天堂

昨晚《焦点访谈》的镜头一闪而过

我眼前的土坯房破旧不堪，一派荒凉

它像是从白银捡起的一块坷垃

猛然间击碎了，我花瓶般美丽的幻想

白银，是你的学生闫沛兴贫穷的家乡

这只从土坯房里飞出的金凤凰

翅膀上的负担太过沉重

他就要飞不动了，几欲心灰意冷

想折翅坠落回黄土弥漫的故乡

眼看一棵小树在打蔫枯萎

可谁敢说，这不是祖国损失的一棵栋梁

上千公里的跋涉，你找到了水源

倾囊相助，为学生翻盖了一排抗风雨的新房

从此，在白银的黄土高坡上

开始盛长一种精神的力量

它能让理想插上翅膀去抚摸白云

鼓励青春勇敢地报名，去西藏

探寻和开采人生中的富矿

叫一声曲爸爸

这是一个含情量最高的称呼

每当从学生们的口中亲切地喊出

都带有来自心头的温暖和激动心跳

那是一颗心与另一颗心

紧紧相拥在一起时的喃喃细语

你用一个父亲的满腔挚爱

和一件件让学生暖心的感动故事

填平了与他们之间的代沟

从此，每当你赶着满载的马车

向学生们送来渴求的知识和做人的道理

他们就会高兴地围拢过来

像见到了从家乡赶来的慈祥的父亲

"曲爸爸"三个字更像是一个声控开关

学生们一听到这个熟悉的声音

心扉就会纷纷打开

像心热的蚌，张开紧捂着的双臂

捧出心头那颗闪亮的珍珠

2012 年，你用爱熬制成的一份调研报告

以三万五千言的融融暖意

将一千零七十六名孤儿学生的心从孤独中领出

孩子们不再是无助的孤儿

学费和住宿费，从此再也不用在叹息中担忧

那一张五彩的留言板

是一百三十九名毕业生的一次集体大合唱

今天，他们不当花朵，而是要以

绿叶感恩的心情，把一个老园丁簇拥在中间

爱戴一朵皱纹满面的灿烂红花

诠释大学

你对大学中的"大"字

有着更深刻的理解

你要让学生们懂得一个道理

精彩的人生路，需要用两条腿去走

一条是知识，另一条是品德

知识改变不了一个人的命运

像粮食和水，并不能直接兑换成

生命中的营养和血液

它们之间只有一个最可靠的中介人

他的名字叫作：价值观

大学是塑造大写的人的地方

一个沉溺在个人小圈圈里自娱自乐的人

将来登上社会的大舞台

就会让自己的表演漏洞百出

于是，你每天都带领学生们做扩胸运动

让他们都练就一副宽广的胸怀

你早已清醒地认识到

一个有知识的"废材"一旦流入社会

比没有知识的人危害更大

所以，你千方百计提高心中的"成材率"

并作为衡量自己师德的最高标准

这一刻

当你以父亲的身份，走进

孤儿学生的婚礼殿堂

将她的手，交给她心爱的新郎时

这一刻，你是最幸福的人

当你帮助过的困难学生

面对第一个月工资

对你说出"我没有资格花"时

这一刻，你是最欣慰的人

当你为一个学生病重的弟弟

大年三十送去一碗热气腾腾的饺子

而后来听说，他去世前嘱托哥哥

"你一定替我报答曲老师"时

这一刻，你是最伤感的人

当你每年去给学生的家长拜年

而老母亲对在外地工作的孩子说

"忘了父母，也不能忘了曲老师"时

这一刻，你是最感动的人

当一个学生远道来看你

与外出开会的你擦肩而过

却为你留下一首饱含深情的小诗时

这一刻，你是最甜蜜的人

当你十年前患病住院的消息不胫而走

几天工夫鲜花就摆满了房间

而你只好调侃地说

"我还没死就躺在了鲜花丛中"时

这一刻，你是最快乐的人

当你的一个学生高烧不退

比父亲还着急的你开车将他送往医院

付住院费、买补品，还塞给他几百元钱

学生母亲含泪在电话里说"我给您叩头啦"时

这一刻，你是最宽慰的人

你的生命中有太多的这一刻

把每一个这一刻连接起来

就勾勒出了你的一幅肖像画

无论近距离还是远距离欣赏

人们都会一眼认出——这就是你！

仍然在路上

生命里只需一根教鞭的人

把乌纱帽看得很轻

当把这顶闪着光环的帽子摘下时

你就像理一次发那样平常

一个对内心初衷有承诺的人

一生就会像花朵、树叶和果子一样

从出发的那一天起，已在寻找

人生回归的那条必由之路

你用一支流淌着爱意的笔书写人生

就永远不会画上句号

每一次换行，只是另一段精彩的开始

只有爱才越活越年轻

你这个"带着灵魂上路的人"

注定是只有驿站，没有终点

你用最简单的笔画

勾勒出了一幅人生的立体画卷

教师—官员—教师

从起点到原点，没有一处多余的闲笔

更没有一处失误的败笔

当人们以平视的目光欣赏时

才恍然看到，你与出发时已是不同的高度

当我们第一次紧紧握手时

我仿佛已加入了一支理想主义的队伍

从此，我也将像你一样

越往前走越感到年轻，直到把爱的接力棒

交与那些充满青春朝气的手

本　色

——致敬老英雄张富清

像一颗奋勇冲出枪膛的子弹

燃烧着青春，头也不回

直奔来凤贫穷的靶标

因你坚信，只有在最累最苦的地方

才能校正出人生的方向

这颗不改初衷的子弹

钉子一样，坚定地钉在贫穷山区

自我埋没六十四年后

依然不肯丝毫松动

让自己保持着出发时的坚定姿态

在敌人的碉堡面前

一个从不知畏惧、退缩的战士

脱下军装后，毅然选择了

另一座更难攻的脱贫碉堡

你用七十一年的意志，练就一副军姿

向着困难匍匐前进，或跃起冲锋

即使失去了一条腿

你八十八岁的身姿，依然挺拔

一个用尽一辈子的力气

为国家建设拉车的人

决不愿成为国家的一份额外负担

如今，虽已九十五岁高龄

你的思想，却依然健步如飞

让脚步紧跟时代，从不肯落下半步

那本被读得封皮发白的书

正是你和追随的政党信仰的宣言

人生的色彩总是五颜六色

而你选择的底色叫作"平凡"

只有心里没有自己的人

才会只装着人民

胸怀也才会像天空一样宽广

脚跟如高山般的踏实

你常把当年牺牲的战友当作镜子

时刻检验自己的言行

久而久之，你把自己也擦拭成

一面干干净净的镜子

让后来人在你面前，自觉扬起目光

整理好衣冠，端庄站立，或挺胸行走

心中的旗帜

——献给王继才同志

一个被大水四面包围的人

生命中却注定缺水

像一棵渴望丰收的禾苗

被冷冰冰的石头，百般阻挠

并威胁它落地生根

烈火般燃烧自己生命的人

却遭受到凄冷与黑夜的合谋进攻

它们曾几度企图掐灭

你心中那一团旺盛的火焰

让开山岛再多见证一次

退缩者在艰难困苦面前的胆怯

在一座缺电的孤岛上

你竟然把身体，改造成一台发电机

开足生命的马达，以最大功率

日夜为神圣职责的正常运转

从不间断地供电

而孤独，是潜伏在劳作之外

一个最狡诈的狙击手

它随时随地都可能射出一粒

麻痹效力极强的子弹

妄图在你疲惫不堪时，使警惕的目光

不经意间打个盹儿

在有些人的词典里

傻子与英雄，总是等同

他们决不相信，一座拒绝植物的荒岛

竟然能接纳一个刚发芽的信念

在这里牢牢地扎根

对你而言，人生的舞台

有两个足球场的大小

可谓恰到好处——

开山岛像一艘抛锚的铁甲舰

在汹涌的黄海前哨

因舵手的立场坚定，而从不随波逐流

你说，为了心中的那面旗帜

才甘愿留下来守岛

并不惜用三十二年的青春

向大海做出庄严的承诺

喝过咸涩海水的人，精神绝不缺钙

日夜在岩石上磨砺思想的人

也必将使闪亮的生命，永不生锈

以生命的名义（长诗）

—— 向川航"中国民航英雄机组"致敬

一

2018 年 5 月 14 日，是一个极寻常的日子

却因了一个传奇的事件

被世界民航史

牢牢铭刻在了最荣耀的位置

而这个故事的演绎者

正是我同在蓝天上的兄弟姐妹

本是一条轻车熟路的航线

每次起飞，却都像第一次出征

如同不可预测，哪一朵白云

将会从翼尖上轻轻擦过

飞行者的下一秒钟

永远藏着一个不可预知的谜底

飞机，是一个特殊的命运共同体

机翼一旦割断与世俗的关联

人们便只剩下两个共同的名字

一个叫机组，一个叫乘客

今天，还将拥有一个亲切的代号

叫作：川航-3U8633

二

责任是飞机身上最大的负重

每一次庄严地起飞、爬升

发动机都必须使出浑身的力气

才能挣脱各种隐形的阻力

让一架钢铁，完成生命的蜕变

飞机在九千八百米的高空航行

机翼下奔驰的崇山峻岭

像一队马群，定格出雕像般的安宁

一百二十八颗飞向世界屋脊的心

和机长刘传健的操纵杆一起颠簸

却并没有人显露出，一丝的胆战心惊

托付生命，是一种天大的信任

而信任的含义，比任何一座

高耸的山峰，都更高、更重——

刘传健和他的战友们，心中深知

每个人的肩头上，绝不仅是盛开两朵

欢声笑语般轻飞的祥云

三

高超的技能，是一个空中骑手

每逢险境，均能化险为夷的底气

也是战胜事故的看家本领

当座舱潜伏的裂纹偷偷袭来

一只巨大的魔掌，已在安全门外

急促地敲出"嘭嘭"响声

地面上，一万种特情模拟

都没有一次空中的险情逼真

风挡与座舱间的关系终于彻底破裂

气流比汹涌的山洪更势不可挡

副驾驶被吸出的半个身子，险些上演

一幕没有降落伞的凌空一跳

下降高度，降低速度，返航备降

这些最简单的飞行术语背后

都包含着最复杂的内涵与外延

机长与第二机长和空乘的默契配合

让每一个细小的操纵动作

顿时骤增，一发系千钧的安全系数

四

一个胸揣制度观念的人

飞行中，才具有无比的自信

那些用鲜血甚至生命换来的条文

每一个字句，都是保证安全的至理箴言

它能保佑敬畏者，逢凶化吉

也让无视者，在险境中雪上加霜

在制度编织的笼子里

处处都是一片蓝天碧空

无论穿越千亩云朵

还是身披万道霞光

飞机的翅膀比鸟儿更加自由

而一旦触碰到了笼子的高压线

必会引爆出一串报警的火花

世上最近的路，就是不走弯路

空军出身的机长刘传健，就是第一个

带领团队找到通往奇迹捷径的人

当飞机历尽千险终于迫降成功

所有重生的生命，都将在惊呼声中

对生与死或未来的生活

交出一份，满含热泪的真情答卷

爱之深（长诗）

—— 献给第四届全国孝老爱亲道德模范皇甫辉勇

一个心中装满爱的士兵

把绿军装的颜色浸染得更加纯粹

你站在时代的视野里

就是一棵让人仰望的大树

你以一棵绿卓的身份热爱大地

用明亮的微笑迎接阳光

然后，把爱和阳光酿成的蜜

献给了所有心爱的人们

拥有爱情是一个年轻人的权利

而艰难困苦却是爱情路上

埋伏下的一块块磨砺意志的石头

一个人的力量并不强大

最强大的是那颗跳动的爱心

从与心爱的姑娘相识到表白

再从未婚妻到同在一个屋檐下的爱人

你们共同走过了一段太艰难的路程

每一只脚窝里都灌满了苦水

你们却捧出了世上最甜蜜的微笑

姑娘的奶奶就是你的奶奶

孝敬老人，是表达爱心的最佳途径

年迈的奶奶发高烧的温度

就是你心急如焚着急上火的程度

半年积攒下来的津贴费虽是杯水车薪

却能安抚一老一少两颗无助的心

姑娘的养父胜似你的亲生父亲

姑娘出嫁了，但爱心并没有远嫁离去

你主动送来一张储蓄卡

经常往里边储存远在军营里的爱意

直至最后，你把身患残疾的岳父

接到了离自己的心房最近的地方

心与心依偎在一起的日子

才是世界上最幸福、甜蜜的时刻

一对心心相印的爱人

还没来得及喘口气憧憬美好的未来

病魔的手掌，已悄悄掐断了

你们向往美好生活的浪漫梦想

善良的妻子一直隐瞒着病情

她想以此减轻一些你肩上的重负

三万元的手术费虽然让你焦头烂额

但毕竟换来了手术刀的同情

终于，为你切除了痛在心头的负疚

然而，你太低估病魔的残忍

就在你们累垮的爱情刚刚直起腰的时候

一场更大的灾难已悄然降临

爱人身上的重病就是你心上的剧痛

"天塌下来，我顶着！"

这既是你爱的誓言，更是对命运的呐喊

军营里，爱心在增援爱心

高达十几万元的手术费紧急集合

很快以急行军的速度送到医院

爱人却哭了，她担心自己走后

心爱的男人再也还不起这笔巨债

"辉勇，咱俩离婚吧！"

这是爱妻在病床上，对你

说的最后一句爱的表白

手术后的妻子完全失去自理能力

你却用刚强的双肩扛起了两份责任

军人的职责——不能半点含糊

对妻子的照料——不能半点含糊

你以双倍的精诚，塑造出一个

当代钢铁男人的坚强形象

妻子恶化的病情再次拉响了警报

面对高昂的治疗费和渺茫的治愈希望

你像一个面对残酷战斗的战士

决不轻言放弃自己的阵地

你说，愿意用百分之百的努力

去换取百分之一的希望

撒手而去的妻子让你悲痛万分

泪水却淬硬了你肩上的责任

把病中的岳父托付家人照看

用代缴保险金代替了一颗无声的孝心

你不仅要让天堂的妻子安心

也要让岳父和自己的良心安心

一家人的爱只是爱的细胞

千百万人的爱才能汇成爱的河流

从你帮低保户老人垫付医疗费

到与福利院的九岁女孩建立资助关系

你渐渐悟出了一个天大的道理

爱心与爱心只有手拉手聚在一起

它裂变出的能量才会天下无敌

于是，一个穿军装的"爱心团队"迅速成立

他们像磁铁一样，吸引来了更多的爱意

"爱心基金"像一潭越聚越多的圣水

滋润着那些人生路上命运多舛的人

而你带头捐出的那份工资

就是这个团队不断传递的爱心基因

你这个带着"爱心团队"前行的班长

让我想起了五十年前另一位班长

你热情的微笑，与他竟是那样的相像

你们的一举一动，都仿佛来自同一个操场

他名字叫雷锋，你名字叫辉勇——

你们是穿越时空的亲密战友吗

无论心跳还是步伐，都是这样的整齐划一

我终于明白了爱心传递的巨大力量

它可以跨越时代，跨越地域，跨越性别……

使爱的力量像水滴寻找小溪

小溪寻找江河，江河寻找大海一样

让所有热爱生命的鱼儿

都能在爱的海洋里，享受阳光

从此不再担心，沙漠中隐藏的所有饥渴

飞向更深的蓝

——致"逐梦海天的强军先锋"舰载机飞行员张超烈士

从浅蓝飞向更深的蓝

你用尽了生命里最后的 4.4 秒

在每一秒的横截面上

你都用翼尖，绘下了一幅壮美的图画

这些用青春调和出来的色彩

红得耀眼，蓝得催人落泪

二十九岁本是可以用来炫耀的年纪

向妻子炫耀

向女儿炫耀

向日月星辰炫耀

向大海更深的蓝炫耀

当然，也可以向插翅的青春炫耀

你竖起的两根大拇指

一根指向甲板

一根自豪地指向自己

不是所有女人的眼泪

都只是用来诠释女性的懦弱与胆怯

你妻子的泪，一直忍着

电视机前，我的泪也一直忍着

穿过军装的人都知道，一辈子

需要忍住的绝不只是眼中的泪水

从此，每当我仰望天空时

一定会提醒自己，把目光压低

—— 放眼远眺那片更深的蓝

只为再一次寻找，你一跃冲天时

那一道霸气的身影

蓝天的女儿

——致"三代机"女飞行员余旭烈士

你在蓝天的舞池里尽情地舞蹈

翼尖牵动着全世界的目光

几万颗心和你一起翻滚、跃升、俯冲

看你以玫瑰的姿态，绽放于

一片仰望的喝彩声中

昨天，珠海的表演刚刚谢幕

今天，你又拎起头盔迎着朝阳训练飞行

你是蓝天最疼爱的女儿

身后每一个微笑，都像云朵一样

把蔚蓝的青春，擦拭成一片明媚的晴空

三十岁绝不是你人生的句号

永远扇动的翅膀，才是你生命的象征

天空有一支更庞大的鹰阵

一刻也不曾停止过最心爱的飞行

你以第 1773 号僚机的身份

大声报告：请求加入队形！

歼-10 坠落，一朵伞花像开屏的孔雀

自天而降，徐徐扑向大地的怀中

谁都知道你最爱在舞台上跳舞

一个舞台是翼下的山川大地

一个舞台是挚爱的万里碧空

你将生命中的刚与柔，跳到了美的极致

把一个舞蹈者的灵魂

跳得比月光还安宁，比阳光更透明

致敬中国脊梁（二首）

每一粒稻谷都不愿让您离开
——致敬中国"杂交水稻之父"袁隆平

每一粒杂交稻谷

都在心里牢牢记住了您朴实的名字

每一亩插秧的稻田里

都永远生长着您心中的期望

您曾向每一棵稻穗

苦口婆心地宣讲必须增产的道理

您还将自己的身体，弯曲成一棵稻秧

示范给更多的秧苗该怎样成长

饥饿永远是人类最凶残的敌人

不论是什么样的肤色

也不论把稻谷的单词读成怎样的发音

他们都会把白花花的大米

捧在掌心里，含泪当作救命的亲人

您因劳累而渐渐隆起的腰身

终于到了可以将身板放平的时候

就像一棵成熟的稻谷迎来了收割

有多少人在默默感恩您

就会有多少颗稻粒不忍让您离开

今后的日子里

我要监督每一粒米饭

都能善待渴望温饱的胃口

而不是把含辛茹苦换来的生命

无故变成，深情送它们出发时的泥土

爱，是您最中意的药

——致敬中国"肝胆外科之父"吴孟超

那把柳叶一样的刀

是您一生中最熟练使用的武器

面对重症的围攻

您一次次成功解救危境中的病人

星期二是个吉祥的日子

因为您的坐诊

让许多捉襟见肘的患者

找到了一扇最低门槛的生命通道

您有一双洞察秋毫的手

每根手指头上都长着明亮的眼睛

隐藏在肝脏内部的凶恶敌人

总是被您手到擒来，并斩草除根

爱是世上最有效的良药

您开的药方中总是饱含着浓浓的爱意

一生发明了许多种手术方法

却只有这一种药，您最中意使用

一位个子不高的老人

在病人们的眼中形象却异常高大

您延长的每一个人的生命长度

恰好叠加成一座丰碑站立的高度